KB147127

키워드 소설학

키워드 소설학

초판 1쇄 인쇄 · 2024년 4월 26일
초판 1쇄 발행 · 2024년 5월 2일

엮은이 · 푸른사상 편집부
감　수 · 우한용
펴낸이 · 한봉숙
펴낸곳 · 푸른사상사

편집 · 지순이 | 교정 · 김수란, 노현정 | 마케팅 · 한정규
등록 · 1999년 7월 8일 제2-2876호
주소 · 경기도 파주시 회동길 337-16(서패동 470-6)
대표전화 · 031) 955-9111(2) | 팩시밀리 · 031) 955-9114
이메일 · prun21c@hanmail.net / prunsasang@naver.com
홈페이지 · http://www.prun21c.com

ISBN 979-11-308-2139-9　03800

값 22,000원

키워드 소설학

우한용 감수 **푸른사상 편집부** 엮음

서사학의 고전 명저
『소설학사전』에서
중고등 교육과정
필수 개념들만 뽑은
에듀케이션 버전

책머리에

사전, 상상력의 텃밭

우리는 뭔가 보아야 생각이 나고, 그 연원을 알아야 생각이 새끼치기를 한다. 생각은 새끼를 그냥 치지 않는다. 사람이 끼어들어 생각을 부추겨야 한다. 생각이 막히면 우리는 사전을 펼친다. 사전에서 기본 개념을 파악하고 연관된 개념들을 엮어보게 된다. 그 과정에서 지식의 의미망을 구성한다.

우리들의 지식은 어떤 틀 안에 존재한다. 그 틀은 가변적인 특성을 지닌다. 이를 다른 말로 패러다임이라 한다. 패러다임의 변화를 시도하고, 그 결과 패러다임을 수정하는 일은 상상력으로 이루어진다. 그 상상력의 근원은 궁금증이다. 궁금하면 사전을 펴보아야 한다.

'사전'에는 두 종류가 있다. 국어사전(國語辭典)은 말을 모아 설명한 책이다. '말모이'로 알려진 『조선말큰사전』은 한국어의 위상을 드높였다. 백과사전(百科事典)처럼 사물을 설명하는 사전이 다른 하나. 전문 영역의 용어를 묶어서 설명하는 사전은 이를 뜻한다. 이 책은 실용성 중심의 소설학 용어 '사전(事典)'이다.

나에게는 사전과 연관된 추억이 두세 가지 있다. 하나는 중학교

졸업할 때 우등상으로 받은 국어사전이다. 고등학교에서 잘 활용했다. 대학교에서 가서도 얼마 동안 쓰다가 다른 사전으로 개비했다. 그 사전은 중학교를 졸업하는 나에게 공부해서 먹고살라는 일종의 자성 예언적 역할을 했던 것 같다.

고등학교 들어가면서는 겁도 없이 뚱뚱한 사전들을 사서 그거 넘겨보느라고 시간을 많이 썼다. '철학대사전', '과학대사전', '인명대사전' 등 '대자' 돌림의 사전들이었는데, 내용을 몰라도 들춰보는 일 자체가 재미있었다. 재미가 다른 관심을 불러왔다. 공부는 별로 잘 하지 못하면서 호기심 가득한 별종 취급을 받았다.

한때 자료집 복사판이 공부꾼들을 유혹했다. 근대문학을 주도한 잡지들 복사판이 쏟아져 나왔다. 없는 돈 긁어모아 자료 사들이기에 골몰했다. 은사 선생님 한 분이 그런 이야길 했다. 자료는 도서관에서 찾으면 아쉬울 게 없다. 자료 읽는 데는 '사전'만 곁에 두면 된다. 그 뒤로 나는 사전을 구입해서 책상에 쌓아놓고 참고했다.

문학을 공부하면서 문학과 연관된 많은 사전을 참조했다. 『문예대사전』, 『비평용어사전』 등이 출간되었다. 당시 영어로 된 책들을 많이 읽었다. 모르는 용어가 너무 많아 책을 읽는 데 어려움이 따랐다. 그 무렵 영문판 『미리엄웹스터 문학백과사전(*Mirriam-Webster's Encyclopedia of Literature)*』(1995)이 발간되었다. 이 사전은 내용을 제시하기 전에 해당 용어의 어원을 밝히고 있다. 그리고 항목 끝에다가는 관련 어휘 목록을 달아놓았다. 독자의 이용 편의를 도모하는 것은 물론 지식의 망 가운데 해당 용어를 이해하는 데 도움을 주고 있다.

내가 미리엄웹스터 사전을 처음 알게 된 것은 중학교 2학년 때로 기억된다. 옆집에 함석 가공 기술자가 살았다. 함석을 잘라 양동이,

함지박, 물뿌리개 등을 만들어 팔았다. 함석을 가위로 잘라 마름질을 하고 접어서 두드려 붙이거나 납땜을 하기도 했다. 그 과정이 재미있어서 밥 먹을 시간도 잊어버리고 구경을 하곤 했다. 한번은 그의 집 안에 들어가 둘러볼 기회가 있었다. 그런데 벽에다 붙여놓은 선반에 담홍색 클로스 장정을 한 사전이 놓여 있었다. 그게 *Milliam Webster's College Dictionary*였던 걸로 기억된다. 일주일만 보겠다 하고 빌려온 게 한 달이 지나갔다. 그런데 내용은 읽지 않고 책장만 풀풀 넘겨보면서 먼지를 쓰다듬을 뿐이었는데, 돌려주고 싶지를 않았다. 그사이 그 사전과 정이 들었던 모양이다. 그 후 학기가 끝날 무렵 주인 아주머니가 찾아와 호통을 치는 바람에 돌려주었다. 아쉬웠다. 대학원에서 공부할 때, *Webster's Third New International Dictionary*를 산 것은 중학교 때 아쉽게 돌려주었던 사전이 내게 부어넣은 결핍감 때문이었을 걸로 생각된다. 아무튼 2,662페이지에 삼단 조판으로 인쇄된 그 사전 첫 페이지에는 노아 웹스터(Noah Webster, 1758.10.16~1843.5.28)의 초상화가 원색으로 실려 있다. 노아 웹스터가 '철자법 사전'으로 시작한 출판사는 대를 이어가면서 사세를 확장하여 '미국어' 사전 출판을 주도하게 된다.

독일어 사전의 대명사가 된 두덴. 콘라트 두덴(1829~1911)이 1880년『독일어 맞춤법 사전 완전판』을 1마르크 가격으로 시판했을 때 그는 독일어 교사이자 김나지움(인문계 중등학교)의 교장이었다. 사전 발간에 헌신한 이들은 그 이름이 오래 남는다. 우리나라의 경우, 조선어학회 회원들을 비롯하여 정인승, 이희승, 신기철, 신용철, 김민수, 이응백 같은 선학들이 사전 편찬에 헌신한 공은 오래도록 기억될 것이다.

고 한용환 교수의 『소설학사전』 초판이 발간된 것은 1992년이었다. 문학사전 가운데 단일 장르를 대상으로 출간된 사전은 처음인 듯하다. 소설은 서사성을 유지한 채, 끊임없이 변화해가는 장르이다. 이러한 가변성은 교육에도 영향을 미친다. 소설을 분석하고 설명하는 데 필요한 기본적인 개념을 이해해야 소설을 제대로 가르칠 수 있다. 물론 인터넷에서 필요한 용어들을 찾아볼 수도 있다. 그러나 매체 특성상 휘발성이 강하다. 찾고자 하는 항목과 항목 사이의 연계성이 잘 드러나지 않는다. 종이책으로 발간된 사전이 안정성을 주는 이유가 여기 있다.

학교에서 문학을 가르치는 데 이 사전을 참고하자면 해당 용어가 교육과정 목표와 어떻게 대응되는가를 알아야 한다. 교육과정 목표를 전체적으로 검토하여 목표 항목과 용어의 연관성을 찾아 예시했다. 그리고 그러한 목표를 달성하는 데 실제로 이용할 수 있는 작품을 제시하였다. 본문에 예거한 작품과 함께 교차적으로 참고하기 바란다. 무엇보다 교사의 독서 체험을 살려 작품을 보완해 나아가길 기대한다. 오윤주 박사와 김향연 박사가 교육 경험을 살려 작업에 참여해주었다. 고맙게 생각한다.

이 책을 이용하는 여러분들의 문학적 상상력이 날로 확장되기를 진정으로 기대한다.

2024년 4월

우한용

차례

가족사 소설 | 家族史小說 family novel

한 가족의 흥망성쇠의 내력을 다룬 소설. 한 가족의 상황이나 운명을 역사적 시간의 지속과 변화의 차원에 놓고 그린다는 점에서 가족사 소설은 단순히 가족 구성원 사이에 발생하는 문제들을 취급한 소설류와는 구별된다. 가족 구성원 간의 갈등과 대립이 가족사 소설의 중요한 요소가 되는 것은 사실이지만, 가족사 소설은 가족 내의 개인보다는 가족이라는 집단의 동태를 중시하며, 더욱이 누대에 걸친 가족의 역사를 추적한다는 변별적 특징을 가진다. 따라서 가족사 소설은 기본적으로 **연대기 소설**의 형태를 취한다.

일반적으로 근대소설은 개인이 바로 사고와 행동의 자율적 주체라는 신념 아래 개인의 경험적 진실을 탐구하려는 노력의 과정에서 발생되고 정착되었다. 이러한 상황에서 가족 집단을 다루는 가족사 소설이라는 형태가 존재한다는 것은 대단히 흥미로운 사실이 아닐 수 없다. 가족이라는 집단적 삶의 테두리를 강조하는 서사 형식은 분명히 전근대적 문학 관습의 잔영이다. 서양의 경우 가족사 소설의 연원을 중세 아이슬란드와 스칸디나비아의 민속 설화에서 찾을 수 있고, 한국의 경우 가족사 소설의 전통적 형태로서 무수히 많은 가문사(家門史) 계열의 서사물이 존재한다는 것은 이런 점에서 시사하는 바가 크다. 가족의 연대기라는 서사 형식은 인간과 세계의 이해에 있어서 개인의 특수한 경험보다는 집단의 보편적 경험이 보다 본질적이라고 여겼던 전근대적 세계관과 무관하지 않다.

가족사 소설은 가족의 역사적 삶을 주목한다 하더라도, 개인을 단순히 가족 집단의 경험을 대표하는 몰개성적 존재로 취급하는 것은 아니다. 가족사 소설에서 가족이라는 범주는 어디까지나 인간 현실의 역사적 · 사회적 차원을 돋보이게 하는 장치일 따름이다. 이것은 서양 가족사 소설의 전범으로 평가되는 골즈워디의 『포사이트가의 이야기』, 토마스 만(Thomas Mann, 1875~1955)의 『부덴브로크 가의 사람들』, 마르탱 뒤 가르(Roger Martin du Gard, 1881~1958)의 『티보가의 사람들』 등을 보면 명백히 확인된다. 특히 토마스 만의 작품은 부덴브로크 가문이 몰락해가는 과정을 추적하면서 근면한 노동의 실제 생활과 정신적 관조의 평화 사이의 균열을 체험하도록 되어 있는 부르주아적 삶의 운명을 상업 자본주의에서 산업 자본주의로의 전환이라는 사회적 변화와의 관련 속에서 부각시키고 있다. 이처럼 가족사 소설에서 가계의 선형적(線型的) 전개를 존중하는 서술 방법은 작중인물들의 개체적 · 사회적 경험을 거시적으로 조망하면서 역사적 형식을 부여하는 효과를 발휘한다.

한국의 경우, 가족사 소설은 1930년대에 이르러 정립을 보았다. 가족의 연대기라는 형식 자체는 조선시대에 이미 '가문 소설'이란 이름으로 성행했지만, 그것이 역사적 · 사회적 현실을 재현하는 문학 형식으로 향상된 것은 염상섭(廉想涉, 1897~1963)의 『삼대』(1931), 채만식(蔡萬植, 1902~1950)의 『태평천하』(1938), 김남천(金南天,

1911~1953)의 『대하』(1939) 등의 작품을 통해서이다. 염상섭의 작품은 3대에 걸친 조씨 가의 인물들을 통해서 세대 간의 대립과 그것의 배후에 놓여 있는 이념적 갈등과 타락한 욕망의 문제를 조명하면서 식민지 한국 사회의 한 축도를 제시하고 있다. 최근의 가족사 소설로서는 박경리(朴景利, 1926~2008)의 『토지』가 단연 특출한 작품이다. 평사리 양반 지주 최씨 일가의 삶을 4대에 걸쳐 서술하고 있는 『토지』는 한말 이후의 고난과 투쟁의 역사 속에 부침하는 수많은 유형의 인물들의 삶을 묘사하는 가운데 근대 한국의 장대하고 입체적인 연대기를 서술해낸 소설로 평가된다.

관련 교육과정 목표

[12 문학 01-10] 문학을 통하여 자아를 성찰하고, 타자를 이해하며 상호 소통한다.
[12 문학 01-03] 주요 작품을 중심으로 한국문학의 범위와 갈래, 변화양상을 탐구한다.
참고 작품 : 김애란 「도도한 생활」 「칼자국」

감상소설 | 感傷小說 sentimental novel

일반적으로 지나친 감정을 서술상에 드러내 보이는 소설을 뜻한다. 또는 다정다감한 연민과 동정의 감정에 지나치게 빠져드는 태도를 나타내는 소설을 가리키기도 한다.

대체적으로 서구에서는 감수성의 시대라 일컬어지는 18세기, 곧 낭만주의 말기의 소설이 주로 이런 부류에 해당된다. 일반적으로 감상(感傷)소설은 감수성의 소설이라고도 불리는데 이때의 **감수성**은 지성, 감성, 정서의 통일성을 상실한 채 통속적 취미에 봉사하는 일종의 '감정 과장'에 의해 비애, 눈물, 탄식, 절망, 애상 등의 감정에 끌리기 쉽다는 뜻을 내포한다.

그러나 통어된 감정인가 과잉된 감정인가를 판단하는 일은 개개인의 주관이나 문화적 관습에 좌우되므로, 특정 시대의 일반 독자들에게는 인간 정서의 합리적이며 적절한 표현으로 받아들여졌던 것도 후세의 독자들에게는 감상적으로 보일 수 있다. 근대 우리나라의 감상소설은 조선시대에 엄격한 유교적 윤리와 가부장적 권위에 대한 반발, 낭만주의를 포함한 서구 문화의 영향으로 인해 생겨났으며 연민 등 감상의 형태를 띤 정서적 반응 자체가 사회적 미덕으로 취급받던 시대의 산물이라고 할 수 있다. 이런 도덕적인 맥락 속에서 '감수성의 소설' 혹은 '감상소설'은 작중인물이 슬픔이나 아름다움이나 숭고함에 접하여 나타내는 강한 반응에 역점을 두며, 자비심이 많은 지식인 계급의 주인공들과 여주인공들을 상투적으로 등장시킨다. 그들은 숭고한 감정의 소유자로 제시되며 미리 조작된 해피엔딩에 앞서 관객의 눈물을 짜내기 위한 각본상의 시련을 받는다. 이러한 특징은 이광수(李光洙, 1892~1950)의 『유정』과 심훈(沈熏, 1901~1936)의 『상록수』 등 계몽소설들에서 잘 나타나는데, 『상록수』의 전형적인 도덕적 선인인 영신, 동혁, 『유정』의 최석, 정임 등의 인물은 이러한 감상소설의 대표적인 주인공 유형이라고 할 수 있다.

오늘날의 독자들에게 개화기 신파극, 감상소설 등은 종종 우스꽝스럽다는 느낌을 불러일으킬 것이다. 또한 당시 작가들의 작품에 자주 나오는 이별 장면—특히 주인공의 실연—과 같이 옛날에는 자주 쓰였던 연민의 정을 일으키는 에피소드들에 대하여 현대의 독자들은 눈물 대신 조소로 반응하기도 한다. 그러나 감상성과 비감상성 간의 구별은 환기된 감정의 강도나 종류에 의존하는 것이 아니다. 양자의 구별은 플롯상의 개연성을 가지고 설득력 있게 제시되느냐 그렇지 못하느냐의 문제와 관련되어 있다. 슬픔의 정서나 풍부한 감정이 작품 내적 필연성에 의해 적절히 구사되었다면, 부정적으로 평가되거나 비난받을 하등의 이유가 없다.

우리 소설에 있어서 감상적 경향은 시에 있어서만큼 두드러지진 않지만 대부분의 신소설과 근대소설, 그리고 현대의 통속 멜로물을 포함하는 대중 서사물에 여전히 광범위하게 나타난다. 특히 박계주

(朴啓周, 1913~1966)의 『순애보』와 이광수의 『사랑』, 그리고 개화기 신파극인 『장한몽』 등에서 이러한 점이 두드러지며 흔히 자연주의 계통의 소설이라고 불리는 「감자」, 그리고 「벙어리 삼룡이」 등에서도 상투적인 결말부와 스토리 전개에서는 여전히 감상성이 극복되지 못하고 있다. 「감자」의 경우를 예로 들면 마지막 부분의 다음과 같은 서술은 복녀의 생활과 죽음을 자연주의적 냉담함으로 가장한 감상적인 결말 처리라고 할 수 있겠다.

> 복녀의 송장은 사흘이 지나도록 무덤으로 못 갔다. 왕 서방은 몇 번을 복녀의 남편을 찾아갔다. 복녀의 남편도 때때로 왕 서방을 찾아갔다. 둘의 사이에는 무슨 교섭하는 일이 있었다.
>
> 사흘이 지났다.
>
> 밤중 복녀의 시체는 왕 서방의 집에서 남편의 집으로 옮겼다. 그리고 시체에는 세 사람이 둘러앉았다. 한 사람은 복녀의 남편, 한 사람은 왕 서방, 또 한 사람은 어떤 한방 의사—왕 서방은 말없이 돈주머니를 꺼내어 십 원 지폐 석 장을 복녀의 남편에게 주었다. 한방 의사의 손에도 십 원짜리 두 장이 갔다.
>
> 이튿날 복녀는 뇌일혈로 죽었다는 한방의의 진단으로 공동묘지로 실려갔다.

위의 소설 전체의 줄거리와 인물 유형이 자연주의 소설의 한 일면을 보여주고 있는 것은 사실이다. 그러나 과장된 냉소 또한 감상의 한 변형이라고 볼 때 위의 냉담한 묘사가 애초에 의도하고 있는 긴장감 자체는 오히려 내적으로 작가의 과장된 감정의 개입을 숨긴 결과이며 위 대목에서 시체를 앞에 둔 흥정에서도 '사흘이 지나도록 무덤에 못 갔다'든가 '돈을 주고받음'과 같은 극단적인 묘사는 작가가 특정의 윤리관을 앞세워 독자의 동정을 호소하는 감상 문학의 모습을 그대로 보여주는 예라고 하겠다.

우리의 소설사를 살펴볼 때 1920년대와 30년대는 당시의 어두운 시대 상황과 세기말적인 암울한 서구 사조들의 영향, 그리고 과거의 전통적인 유교 사상과 윤리 의식 등의 해체로 인한 감수성의 분열이 두드러지며 거기에서 오는 혼란이 이러한 감상소설을 유행하게 하는 결과를 낳았다고 볼 수 있다.

관련 교육과정 목표

[10 공국 2-05-02] 주체적인 관점에서 작품을 해석하고 평가하며 문학을 생활화하는 태도를 기른다.

참고 작품 : 김호연 『불편한 편의점』

갈등 | 葛藤 conflict

갈등이란, 이야기의 무의미한 나열과 습관적인 반복에서 벗어나 이야기를 재미있게 얼크러지게 하는 주요한 요건의 하나이다.

서사문학의 핵심은 곧 플롯이라는 아리스토텔레스(Aristoteles, BC 384~322)의 주장 이래로, 이야기를 얽어 짜는 행위가 서사문학의 본질이라는 생각이 크게 변하지 않고 있다. 등장인물들과 그들에 의한 연쇄적인 행위들이 무의미하게 나열되거나 단순히 일상 삶의 습관적인 반복을 재현하는 수준에서 그친다면, 문학은 독자를 사로잡기 어렵게 될 것이다. 즉 이야기 문학이란 우선 재미있어야 하고 그렇게 되기 위해서는 독자들을 사로잡을 수 있는 얼크러진 이야기-플롯을 필요로 하게 마련이다. 『로미오와 줄리엣』이 재미있게 읽히는 이유 중의 하나는 적대적인 가문의 두 남녀가 집안의 반대를 무릅쓰고 사랑하게 된다는 사건의 갈등적인 국면에서 찾을 수 있고, 마찬가지로 『모비딕』 속의 흥미진진한 사건의 진전이 독자를 사로잡을 수 있는 까닭은 주인공과 대자연 사이의 투쟁이라는 갈등 관계가 흥미를 유발하기 때문이다. 소설에서 갈등은 플롯상의 이러한 대립과 투쟁 관계를 가리키는 개념이다.

갈등은 인물 상호 간(주인공과 적대자, 부수 인물들 사이) 또는 인물과 환경(운명) 사이에서 일어나기도 하고(외적 갈등), 인물 내부에서 일어나기도 한다(내적 갈등). 햄릿과 클로디어스 왕 사이의 관계는 주인공(protagonist)과 적대자(antagonist) 사이의 갈등을 대표적으로 드러내준다. 윤흥길(尹興吉, 1942~)의 「장마」에서의 이야기 전개는 부수 인물들(할머니와 외할머니) 사이의 갈등 관계에 주로 의존하고 있다. 『오이디푸스 왕』은 주인공과 운명과의 갈등을 비극적으로 형상화한 사례로 꼽을 수 있다. 『모비딕』이나 『노인과 바다』 등은 자아와 그를 둘러싼 자연환경과의 대립을 그리고 있다는 점에서 외적 갈등의 좋은 보기들이다. 이와 달리 내적 갈등은 최인훈(崔仁勳, 1936~2018)의 『광장』이나 선우휘(鮮于煇, 1922~1986)의 「불꽃」에서처럼 주인공의 내부에서 일어나는 상반된 욕구나 대립된 가치들의 충돌에서 발생한다. 그러나 하나의 이야기가 단일한 갈등 구조에만 의존하는 것이 아니라는 사실에 유의할 필요가 있다. 내적 갈등과 외적 갈등이 복합될 수도 있고(『카라마조프 가의 형제들』), 또 한편으로 갈등을 주도적으로 다루지 않을 수도 있기 때문이다.

갈등은 인물의 성격을 드러내고 세계관과 가치관의 대립 양상을 드러내는 데 주요한 역할을 수행한다. 또한 갈등은 인물들 사이의 대립, 자아와 세계와의 상충, 인물 내부의 양가감정이나 가치관의 충돌을 통하여 플롯에서의 긴장감을 유발하기도 한다. 더 넓게 보아서, 갈등의 기능을 플롯 자체를 지배하는 요소의 하나로 이해할 수도 있다. 일반적으로 구분되는 플롯의 단계—발단, 전개, 위기, 절정, 결말이란 곧 갈등을 내재하고 있는 사건의 전개와 발전 및 해소의 단계에 다름 아니기 때문이다. 갈등은 플롯을 지탱하는 요소이자 원리가 되면서, 인물 구성(성격 구성(characterization)) 및 세계관이나 가치관의 대립을 형상화하는 데에 결정적인 기여를 한다.

관련 교육과정 목표

[9 국 05-02] 갈등의 진행과 해결 과정을 파악하며 작품을 감상한다.
참고 작품 : 서유미 「스노우맨」 「저건 사람도 아니다」

감수성 | 感受性 sensibility

감수성은 감성이라고도 하며 이성에 대립되는 개념으로 인간 의식의 정서적 성향을 가리킨다. 이 말이 문학의 용어로 쓰이기 시작한 것은 18세기 초 영국에서이다. 처음에는 사랑, 동정심, 연민 등 부드러운 감정을 잘 느낄 수 있는 성격을 뜻하다가 그 후 아름다움에 대해 민감한 반응을 보이는 심리특성을 뜻하게 되었다. 그러나 근대의 비평가들은 감수성을 감각, 사고 및 감정에 있어서 경험에 반응하는 작가의 특징적 능력을 가리키는 데 주로 사용한다.

일반적으로 '감수성의 시대'로 불리는 18세기의 서구는 분열된, 혹은 과잉된 감수성의 문학이 주를 이루었던 시대라고 볼 수 있다. 그 배경은 전대인 17세기에 덕을 행하는 유일한 동기로서 이성과 비정서적인 의지를 강조했던 스토아 철학과, 인간은 태어날 때부터 이기적이며 이익과 권력 및 지위에 대한 욕망이 모든 인간 행동의 원천이라는 토머스 홉스(Thomas Hobbes, 1588~1679)의 이론에 반발하면서 나온 도덕론에서 찾을 수 있다.

18세기에 들어와 자비심은 인간의 선천적인 정조이며, 도덕적 경험의 핵심은 동정과 감수성, 즉 타인의 고락에 아주 민감한 즉각적인 반응이라는 관념이 유행했다. 다시 말해 감수성이라는 말에는 자연이나 예술의 미와 숭고에 대한 강렬한 정서적 반응이라는 뜻이 숨겨져 있으며, 감수성을 지닌 인간이란 타인에 의해 자비롭고 교양 있는 인간이라는 의미로 통용되었다. 따라서 타인의 슬픔에 대한 동정은 자신의 슬픔과는 달리 그 자체로서 기분 좋은 정서라는 것이 대중 도덕의 상식이었고 감수성이 지나치게 숭배되어 문학은 '슬픔의 사치', '기분 좋은 슬픔' 등 감수성의 분열에서 나타나는 감상의 경향으로 흐르게 되었다. 결국 18세기에는 감수성이라는 말로 칭찬되었던 것이 지금은 우스꽝스러운 감상주의 경향을 뜻하기도 한다.

앨런 테이트(Allen Tate, 1899~1979)는 감수성에 대하여 "감수성은 좌절한다. 자연 속에서 그것의 영원한 활력을 공급받지 못하기 때문이다. 적극적인 추상 작용이 구체적 사물들의 풍성한 모습을 대치하여버린다. 이리하여 이성은 감정에서 분리되며 마찬가지로 도덕감에서도 분리된다"고 하여 분열된 감수성은 내용이 없는 분리된 감정만 남겨놓든지 지성과 의지의 과다만을 남겨놓아 사람들을 구체적 사물의 형상으로부터 단절시켜버린다고 말한다. 즉 문학은 오직 인간의 전 인식이 통일된 감수 체계 아래에서만 경험을 구체화시킬 수 있으며 살아 있는 생생한 작품을 산출할 수 있다고 본다. 통일된 감수성은 곧 인식으로서의 문학, 경험으로서의 문학의 전제 조건이라고 할 수 있다.

소설에 있어서 이러한 감수성을 스스럼없이 드러내고 있는 작가로는 김승옥(金承鈺, 1941~), 윤후명(尹厚明, 1946~), 조세희(趙世熙, 1942~2022) 등을 들 수 있으며 그 외의 작가들에게 있어서도 감수성은 그들의 독특한 소설 세계를 이루는 데 상당한 연관이 있다고 할 수 있다. 한 작가에게 있어 감수성의 고갈은 곧 창작력의 소멸 내지 소재의 한계 등으로 직결되며 쉽사리 상투성으로 떨어지는 주원인이 된다. 감수성은 작가의 세계관의 변화 추세에 맞춰 그때그때의 시각을 형성시키는 힘이며 궁극적으로는 작가의 의식을 뒷받침하는 가장 커다란 예술적 동인이라고 할 수 있다. 김승옥의 「다산성(多産性)」에서 뽑은 다음과 같은 구절에서도 작가의 감수성은 잘 나타나고 있다.

> 검붉은 색깔은 분명히 미각을 자극한다. 미각을 가진 것은 고등 동물이다. 고등동물고등동물고등동물…… 고등동물이란 말을 입속에서 짓씹고 있으려니까 그 말의 의미는 마치 이빨에 의해서 잘게 부서진 살코기처럼 목구멍 속으로 넘어가 버리고 그 말의 자음과 모음만이 질긴 껍질처럼 혓바닥 위에 생소하게 남아 있었다. 유리로 된 진열장 속에서 고기 덩어리들은 흐느적거리며 서로서로 기대고 있었다.
>
> 달구지를 끌고 가는, 배 언저리에 오물이 말라서 조개껍질처럼 붙어 있는 황소와 푸줏간의 진열장 속에 널려 있는 고기를 연결시켜 생각한다는 것은 힘든 일이다.

일반적으로 작가의 감수성은 일상화된 감각의 틀을 깨고 자동화된 의식을 일깨우는 힘이 있다고 본다. 이런 감수성은 모든 예술 행위에 있어서의 **낯설게 하기**의 한 원천이 되기도 하는데 특히 범상하지 않은 작가의 감수성은 위에서 알 수 있듯이 검붉은 색깔에서 미각, 고등동물, 그리고 이빨에 씹히는 살코기에 이르는 연상을 거쳐 푸줏간의 고기 덩어리와 '오물이 조개껍질처럼 붙은 황소'를 연결시켜 생각하게 함으로써 독특한 소설적인 묘사를 가능하게 하는 것이다.

관련 교육과정 목표

[10 공국 1-05-02] 갈래에 다른 형상화 방법의 특성을 고려하여 작품을 수용한다.
참고 작품: 김승옥 「무진기행」 「서울, 1964년 겨울」

낙원소설 | 樂園小說

현실 세계에 존재하지 않는 낙원의 존재 형태와 그곳에서 살고 싶어하는 인간의 욕망을 다룬 소설이다.

낙원은 무릉도원(동양), 유토피아(서양)로도 불리며 사전적 의미로는 '세상과 떨어진 걱정 없이 즐겁고 살기 좋은 곳, 또는 천국'을 가리킨다. 즉 낙원은 인간이 현실 세계의 고통과 억압으로부터 벗어나기 위해 만들어낸 가공적이고 상상적이며 이상적인 사회라 할 수 있다.

이러한 낙원에서 살고자 하는 인간의 욕망을 탐색해가는 소설이 낙원소설이다.

낙원의 세계를 지향하는 인간의 의식은 어느 시대, 어느 장소에서나 공통적으로 나타나는 인류 보편의 현상이다. 보다 나은 삶에 대한 동경과 갈구, 고난에 찬 현실에서 벗어나고자 하는 인간의 욕망이 있는 한, 인간의 의식 속에 낙원은 존재할 것이다. 우리 문학에서만이 아니라 동서양의 많은 문학에서 낙원에 대한 동경과 탐색이 끝없이 나타나는 것은 바로 이러한 이유에서이다. 문학은 현실의 단순한 복제품이 아니라 현실 속에 있을 수 있는 일을 그리는 예술 형식이므로 낙원에서 이루어질 수 있는 이상적인 삶에 대한 추구와 그것을 문학적으로 추적하는 일 또한 가능하다. 과학적이고 합리적이며 이성적인 사고가 중시되던 근대문학 이후에도 낙원소설이 계속적으로 씌어지고 또 읽혀지는 현상은 이러한 인간의 원초적인 낙원에 대한 지향의식에 기인한다.

우리 소설에서는 낙원의 공간이 주로 천상이나 섬 등으로 나타난다. 고대 영웅소설에서는 이야기의 처음과 끝을 천상이라는 이상적 공간으로 설정하곤 하였는데, 특히 『구운몽』과 같은 작품은 천상에서 과오를 범하고 지상에 내려온 비범한 주인공이 지상의 환란을 극복하고 행복을 되찾은 다음 다시 천상으로 복귀한다는 패턴을 전형적으로 보여준다.

작품 『구운몽』에서 천상 공간이 세세하게 묘사되지 않은 데 반해, 낙원 공간으로서의 섬은 대개 구체적 양상을 띤다. 『홍길동전』에서 홍길동이 자신의 이상을 펴기 위해 찾아낸 '율도국'이나, 「허생전」에서 허생이 도적들을 이끌고 찾아간 '섬'들은 한국 소설의 낙원 공간을 구체적으로 보여주는 사례이다.

경험적 현실에 대한 충실을 요구하는 리얼리즘은 낙원소설의 모태가 되는 유토피아적 상상력의 퇴조를 가져왔다. 일제시대의 소설 속에서 낙원의 모티프를 체계적으로 발전시킨 작업은 거의 없다고 해도 과언이 아니다.

최근의 소설에서도 과학적이고 합리적인 사고가 존중됨에 따라 낙원소설의 사례를 찾기란 쉽지 않다. 이청준(李淸俊, 1939~2008)의 「이어도」와 같은 작품에서는 죽음을 통해서만 다가갈 수 있는 상상

속의 이상 공간을 통해 나름의 낙원을 추적해가는 낙원소설의 한 전형을 잘 보여준다.

 **관련 교육과정 목표**

[9국 05-05] 작품에 반영된 사회 · 문화적 상황을 이해하며 작품을 감상한다.

[12-문학-03-04] 한국 문학에 반영된 시대 상황을 이해하고 문학과 역사의 상호 영향 관계를 탐구한다.

참고 작품 : SF 소설류, 김초엽 「우리가 빛의 속도로 갈 수 없다면」 「지구 곁의 온실」 「원통 안의 소녀」

낯설게 하기 | defamilarization

낯설게 하기는 러시아 형식주의자들이 처음으로 사용한 용어로서 하나의 문학적 장치에 한정적으로 사용되기보다는 오히려 문학이나 예술 일반의 기법과 관련된 용어로 의미가 확대되었다. 일상화되어 있는 우리의 지각은 보통 자동적이며 습관화된 틀 속에 갇혀 있다. 특히 일상적 언어의 세계는 이런 자동화에 의해 애초의 신선함을 잃은 상태이며 자연히 일탈된 언어의 세계인 문학 언어와는 본질적으로 다를 수밖에 없다. 즉 지각의 자동화 속에서 영위되는 우리의 일상적 삶과 사물은 본래의 의미를 상실한 채 퇴색하는데, 예술은 바로 이러한 자동화된 일상적 인식의 틀을 깨고 낯설게 하여 사물에 본래의 모습을 찾아주는 데 그 목적이 있다. 낯설게 하기란 그런 점에서 오히려 형식을 난해하게 하고 지각에 소요되는 시간을 연장시킴으로써 한 대상이 예술적임을 의식적으로 경험하게 하는 방법 혹은 장치인 셈이다.

낯설게 하기는 브레히트(Bertolt Brecht, 1898~1956)의 '소격 효과'와도 유사하지만 단순한 기법 이상의 의미를 지닌 것으로 궁극적으로는 문학과 비문학, 예술과 예술 아닌 것의 경계를 구분하는 하나의 근거가 되기도 한다. 특히 바흐친(Mikhail Bakhtin, 1895~1975)에게 있어서 낯설게 하기란 삶의 총체성과 문학의 총체성을 연결하는 하나의 징검다리란 의미를 지니기도 한다. 정치 연설, 상업적인 광고문 등 문학 외적 영역에 속하는 글들이 시대의 변천과 더불어 문학의 영역으로 들어오는 과정에 대한 설명의 근거를 제공하고 있다. 따라서 소설사에서 이러한 낯설게 하기는 몽타주 기법, **콜라주 기법**, 근대에 나타난 입체적 인물이 독자에게 던진 충격 등 광범위한 영역에서 그 흔적을 보여준다. 20세기에 나타난 **누보로망**들이 끊임없이 독자의 기대지평을 좌절시키면서 새로운 형식을 창출하는 것도 낯설게 하기의 한 양상이다.

낯설게 하기의 속성은 문학 속에 내재되어 있는 것이라기보다는 작품과 독자 사이에서 나타나는 심리적 작용으로 볼 수 있다. 독자에게 형성된 자동화된 문학적 관습의 '기대지평' 좌절로 나타난다. 그러나 이 용어를 본격적으로 사용한 토마셰프스키(Boris Tomasevskij, 1868~1939)는 『전쟁과 평화』에서 군사 회의를 바라보는 '농촌 소녀'와, 『콜스토머』라는 소설 속에서 말의 의인화된 심리묘사를 낯설게 하기 기법의 한 예로 들고 있다. 최인호의 『영가』에서 나이 어린 화자의 등장은 이와 유사한 경우에 해당된다. 이 소설 속에서 초점화자인 소년의 눈에 비친 할머니의 모습은 '늙은 귀신'이었다가, 소년의 등에 업혀 갈 때는 '새처럼 낭랑한 목소리'로 말하고, 드디어는 할아버지의 무덤 옆에서 '낮은 목소리로 노래 부르'며 '꽃송이처럼 환히 생기에 차서' '정정하게 춤을 춘다'고 묘사된다. 이러한 서술은 화자가 어린 시절의 자신을 초점화자로 사용하여 이야기 전체의 분위기를 신비적인 색채를 띤 설화적 공간으로 이끌어감으로써 얻어지는 낯설게 하기의 결과이고, 동시에 이러한 낯설게 하기는 독자로 하여금 '앙상하게 죽은 매화나무 가지에 갑자기 꽃이 피기 시작하였다'는 허황된 진술을 묵인하게 한다.

현대의 대표적 문학 양식인 소설 문학에 있어 두드러진 현상 중 하나가 형식적 정형에 대한 거부와 해체의 움직임이라고 할 수 있다. 낯설게 하기는 이러한 해체적 성향의 소설과 이론적으로 아주 밀접한 관계에 놓이게 된다. 우리의 소설사에서도 장정일(蔣正一, 1962~)의 소설집『아담이 눈뜰 때』라든가 하일지의『경마장 가는 길』 등 포스트모더니즘 논쟁의 초점이 되었던 몇몇 소설들을 이와 관련된 예라 할 수 있다. 최인훈의「총독의 소리」「서유기」 등 실험적 소설과 조세희의 옴니버스 연작소설『난장이가 쏘아올린 작은 공』, 이인성의『낯선 시간 속으로』 등을 이와 같은 낯설게 하기의 기법이 두드러지게 구사된 예로 제시할 수 있다.

그러나 최근의 포스트모더니즘 계통의 소설은 그 자체가 외국 문학에서 도입된 외적 형식의 모방에 치우친 감이 있다는 데 근본적인 문제점이 있다. 즉 현대의 타락한 세계를 표현하기 위해 스스로의 형식을 능동적으로 낯설게 일그러뜨린 노력의 대가인지는 의심이 간다. 이는 소설이 지닌 본래의 성격에 대한 진지한 성찰이 따르지 않은 성급한 유행으로 그칠 소지가 있다. 나아가 소설의 형식뿐만 아니라 소설 그 자체마저 해체시키는 위기를 가져올 수도 있을 것이다.

 **관련 교육과정 목표**

[12 문학 01-06] 문학작품에서는 내용과 형식이 긴밀하게 연관됨을 이해하며 작품을 수용한다.

참고 작품 : 김숨「뿌리 이야기」

누보로망 | nouveau roman

일반적으로 누보로망은 1950년대부터 프랑스에서 발표되기 시작한 전위적인 소설들을 가리킨다. 구체적으로는 전통적인 소설의 기법과 관습을 파기하고 새로운 스타일을 창조하고자 했던 일군의 작가들—알랭 로브그리예(Alain Robbe Grillet, 1922~2008), 미셸 뷔토르(Michel Butor, 1926~2016), 나탈리 사로트(Nathalie Sarraute, 1900~1999), 클로드 시몽(Claude Simon, 1913~2005), 장 리카르두(Jean Ricardou, 1932~2016) 등의 소설을 가리킨다. 이러한 실험적 경향이 표면화된 것은 대략 1955년경부터였으며, 이때부터 누보로망이라는 용어가 널리 쓰이기 시작했다. 논자에 따라서는 앙티로망(**반소설**)이라는 말을 사용하기도 한다.

그러나 이들 일련의 작가들을 하나의 그룹 혹은 유파로 볼 수 있는가라는 문제에는 다소의 논란이 뒤따른다. 그것은 장 리카르두가 "이것은 하나의 그룹도 아니고 하나의 학파도 아니다. 거기에는 두목도 없고, 집단도 없고, 전문지도 없고, 공동선언도 없다"라고 말한 바처럼 이들이 스스로를 누보로망 작가라고 말한 적이 없으며 그들이 사용하는 기법 또한 제각기 다양하고 편차가 커서 하나의 경향으로 묶기가 곤란하기 때문이다.

이들 작가들을 하나의 유파로 묶을 수 있느냐 없느냐는 그들의 동질성을 어디에 두느냐에 달려 있다. 그들을 기법의 측면에서 같은 학파나 그룹으로 보기는 어렵지만 소설에 대한 태도나 문학 이론의 측면에서는 누보로망이라는 공통된 명칭을 사용하는 데 전혀 무리가 없다. 그렇다면 누보로망이라는 용어에 포괄될 수 있는 태도나 이론은 대체로 다음과 같다.

우선 누보로망은 어떤 고정된 소설의 개념이나 이론을 내세우지 않는다. 그들은 문학을 하나의 제도 혹은 체계로 보며, 이러한 낡은 제도 혹은 관습에 익숙해진 독자들의 기대를 좌절시키는 데서 소설적인 효과를 얻을 수 있다고 생각한다. 그것은 전통적인 리얼리즘에 대한 새로운 도전으로서의 의미를 그 안에 내포하고 있다. 그들에게 있어서 소설이란 '여기, 지금'이라는 공간과 시간 축에 의한 작가 자신의 현실 파악을 떠나서는 생각할 수 없다. 곧 소설이란 인간과 세계와의 관계가 변함에 따라서 과거의 낡은 체계나 관습을 깨고 새로운 관습과 체계를 세우는 창조적 파괴의 과정인 것이다. 로브그리예의 다음과 같은 말도 그 같은 맥락에서 닿아 있다. "작가는, 영원한 걸작이라는 것은 없고 오직 역사 속에 작품이 있다는 것을 앎으로써 작가 자신의 시대를 소유한다는 사실을 자부심을 갖고 받아들여야 한다." 다시 말해서 본질적 의미의 누보로망이란 존재하지 않고 오직 시간과 공간 속에서만 누보로망이 존재한다는 주장인 셈이다.

따라서 넓은 의미의 누보로망, 혹은 역사적인 전통으로서의 누보로망은 플로베르(Gustave Flaubert, 1821~1880), 카프카((Franz Kafka,

1883~1924), 제임스 조이스(James Joyce, 1882~1941), 마르셀 프루스트(Marcel Proust, 1871~1922), 앙드레 지드(André Gide,1869~1951) 그리고 사르트르(Jean-Paul Sartre, 1905~1980)에게서도 찾을 수 있다. 즉 플로베르는 1860년대, 프루스트와 카프카는 1910년대에, 조이스와 지드는 1920년대에, 사르트르는 1930년대에 누보로망을 썼다는 것이다.

누보로망이 하나의 두드러진 특징으로 통합될 수 있는 학파나 그룹이 될 수 없다는 점은 당연한 귀결이다. 다만 '인간과 세계의 새로운 관계를 표현할 수 있는 새로운 소설 형식을 찾으려는 모든 작가군', 혹은 '일군의 작가군'에 의해 씌어진 소설들이라고 다소 막연하게 그 개념을 규정할 수 있을 뿐이다. 누보로망을 특징짓는, '새로운 소설 형식', '새로운 관계'는 다음과 같다.

20세기 소설 사조의 두드러진 경향은 자연주의 소설의 바탕을 이룬 과학 만능 사상이라든가 실증주의 철학에 대한 비판과 혐오라고 할 수 있다. 19세기의 작가들이 과학주의와 합리주의를 바탕으로 사물에서 사물로 끝나는 외부 세계의 리얼리티를 구현하는 데 이바지했다면, 20세기의 소설가들은 세계와 인간의 본질은 외부 세계에 있는 것이 아니라 내부 세계에 있는 것이며 단순한 현실의 재현으로서는 사물의 참된 모습을 제시할 수 없다고 주장한다. 즉 금세기의 사실주의는 그 개념상 현격한 변화를 거치게 된다. 그러나 과거의 자연주의나 사실주의의 방법을 숭배하지 않더라도 20세기의 작가들 역시 사회의 총체적 모습을 담으려는 욕구를 여전히 커다란 소망으로 갖고 있다. 누보로망 작가들에게서도 이런 경향은 마찬가지로 발견된다.

누보로망의 첫번째 특징은 언어 혹은 기호에 대한 관심과 활용이라는 점이다. 이 특징을 보여주는 대표적인 작가는 사로트로서 그녀는 소설 속에서 인물과 행위, 플롯을 제거하고 기호화된 언어적 묘사로 소설을 이끌어나간다. 즉 누보로망에서 문학이란 현실의 재현이 아니라 기호들로 이루어진 그물망을 엮는 것이다. 이때 기호라고 하는 것은 문자와 단어와 이미지를 의미한다. 단어란 사물을 존재케 하는 것이 아니라 지우는 것이며, 추상적인 관념만을 남겨놓는 것이다. 소설의 등장인물은 그런 점에서 실재의 인간과는 무관하며 작가의 관념 속에 담긴 하나의 기호일 뿐이다. 요컨대 누보로망 안에서 인물은 사라지고 모든 것은 기호화되며 따라서 리얼리즘은 현실의 '복사'가 아니라 새로운 형태의 생산을 의미하게 된다. 수사학의 비중이 더욱 커지고, 리얼리티는 단지 수사적인 효과로 나타날 뿐이다. 이러한 소설은 리카르두의 표현처럼 더 이상 '하나의 떠오른 이야기의 배열'일 수 없고 '배열에 관한 생각이 떠오른 뒤에 연역되어 나오는 이야기'가 된다.

누보로망의 두 번째 특징은 현상학적 인식 방법으로 사실주의를 추구한다는 점이다. 대표적인 작가로는 로브그리예를 꼽을 수 있다. 그는 모든 사물을 명백한 상태에 두고자 하며 시점을 한 인물에 고정시킴으로써 그 인물 앞에서 실제로 일어나는 것처럼 보이는 장면과 상상의 장면을 서로 뒤섞어 독자를 혼란시킨다. 이런 시점의 혼란은 사물을 개념화해서 바라보지 않으려는 방법의 하나이다. 사물을 개념화한다는 것은 이미 어떤 사회의 지배적 이데올로기에 의해서 사물의 본래의 속성을 왜곡하고 있다는 것을 의미한다. 곧 과거 소설에서의 인물의 행위와 인식은 어떤 체계에 물들어 관념화된 허위에 지나지 않으며 이미 진실일 수 없다. 과거의 사실주의는 그 한계가 이미 명확하게 드러났으며, 누보로망 작가들은 자신들의 현상학적 인식 방법을 가장 정확한 사실주의라고 주장한다.

누보로망의 사실주의는 그들의 총체성 회복 욕구와 그 개념의 독특한 정의에서 두드러진다. 누보로망 작가들은 '현실 참여'를 중요하게 생각하지만 그들의 현실 참여는 일반적인 정치적 이념이 택하는 것과는 다른 방식을 추구한다. 그들에게 기존의 정치와 관련된 총체성은 이미 허위일 뿐이며 새로운 억압 세력을 낳는 대상일 뿐이다. 따라서 누보로망의 현실 참여는 언어 자체의 문제로 환원되며 작가에게 참여란 '정치적 성격을 갖는 대신 작가 자신의 현재적 문제들에 대해서 충만한 의식을 갖는 것이고, 그 문제의 중요성에 확신을 가지며, 그 문제를 문학 내부에서 해결하려는 의지 그 자체'이다.

누보르망 작가들은 과거의 문학이 언어의 속성에 대한 묵계의 관습을 통해 허위적 총체에 기여해왔다고 본다. 따라서 누보로망의 참여는 이러한 관습 자체의 해체에 초점을 맞추고 있다. 누보로망 작가들에게 총체는 특정의 지배적 담론의 형태를 띠고 있지 않으며 단지 기존의 억압적 총체를 해체시킴으로써 그 실체가 드러나는 대상이다. 곧 그들이 추구하는 총체성은 자연 그 자체이며, 그런 맥락에서 로브그리예의 소설은 연속되는 지각을 '자연화(naturalization)'하는 데 상당한 노력을 들이고 있다. 결국 모든 문제는 소설의 새로운 형식의 발견으로 집약된다. 이처럼 누보로망이 문학에 대한 반성의 일환으로 출발된 만큼 '소설의 소설' 혹은 '반소설'이라는 다양한 명칭 또한 누보로망의 특징을 나타내는 데 적절한 표현이라 본다. 특히 누보로망은 그것이 오늘날 소설이 자기 소외에 접어드는 것을 거부하고 상품으로 전락하는 것을 방지하기 위해 문학의 영토를 독자적으로 확보하려는 노력의 하나라고 평가할 수 있다.

 **관련 교육과정 목표**

[12 문학 01-05] 한국 문학 작품과 외국 작품을 비교하며 읽고 한국 문학의 보편성과 특수성을 파악한다.

참고 작품: 로브그리예 『질투』(민음사)

다성적 소설과 단성적 소설

| polyphonic novel and monologic novel

다성적 소설은 러시아의 문학이론가 바흐친(Mikhail Bakhtin, 1895~1975)이 도스토옙스키(Fyodor Dostoevsky, 1821~1881)의 작품 세계를 분석한『도스토옙스키 시학의 제 문제』란 책에서, 특히 톨스토이(Leo Tolstoy, 1828~1910)와 도스토옙스키의 작품 세계를 구별짓는 특성과 관련하여 사용한 용어이다. 이 용어는 바흐친이 밝히고 있는 것처럼 음악에서 사용되는 용어를 빌려온 것이다. 음악에서 다성악은 오직 하나의 멜로디에 의해 지배되는 단성악과는 달리 대위법에 의해 하나 이상의 독립된 멜로디가 화성적으로 결합된 음악 형태를 가리킨다. 물론 바흐친이 다성악이라는 음악 용어를 문학에 적용한 최초의 이론가는 아니다. 이 용어는 19세기 말엽과 20세기 초엽에 프랑스의 상징주의 시인들에 의해 처음으로 사용되었고, 로만 인가르덴(Roman Ingarden, 1893~1970) 역시 그의 저서인『문학예술 작품』에서 이 용어를 사용한 바 있다. 그러나 이 개념을 문학 이론에 본격적으로 도입한 사람은 바로 바흐친이다. 바흐친에 의하면 모든 문학 장르 중에서 장르가 비순수하고 잡종적인 특징을 지니고 있는 소설만이 다성성이 가장 잘 발휘될 수 있는 유일한 문학 형태이다.

바흐친이 다른 어느 문학 형태보다도 소설을 언어의 본령에 가장 충분한 장르로 간주하는 이유도 여기에 있다.

다성적 문학의 계보에 들 만한 작가로 바흐친은 셰익스피어(William Shakespeare, 1564~1616)와 단테(Dante Alighieri, 1265~1321) 라블레(François Rabelais, 1494~1553), 세르반테스(M. de Cervantes Saavedra, 1547~1616), 그리멜스하우젠(Hans Grimmelshausen, 1621~1676) 등을 꼽고 있지만, 이 계보의 진정한 완성자로서 소설이 지닌 다성적 특성을 가장 탁월하게 실현한 작가는 도스토옙스키이다. 다성적 소설의 작중인물들은 작가의 의도에 따라 움직이는 자동인형들이 아니라 작가의 의도를 비판하거나 배반하기도 하는, 한 시대의 다양한 욕망의 목소리들을 들려주는 살아 있는 주체들로 등장한다. 특히 도스토옙스키의 경우, 그의 소설 속의 주인공들은 사상적으로 독립된 권위와 자주성을 지니고 있다. 즉 주인공은 완성되어가는 도스토옙스키의 예술적 시각의 대상이 아니라 독자적으로 권위 있는 사상적 개념의 소유자로 작품 속에 참여하고 있는 것이다. 바흐친은 다음과 같이 말하고 있다.

> 도스토옙스키 소설은 사실상 독립적이고 병합되지 않은 다양한 목소리들과 의식, 진실로 다성적인 매우 정당한 목소리들로 특징지어진다. 그의 작품에서 전개되는 것은 단일한 작가적 의도에 의해 조명되는, 단일한 객관적 세계 속에 존재하는 다양한 작중인물들, 그리고 그 속에서 전개되는 운명적인 사건들이 아니다. 오히려 동등한 권리와 제각기 자신의 세계를 지닌 다양한 의식들은 서로 결합되면서도 통일된 사건 속에 병합되지는 않는다. 도스토옙스키의 창조적 계획의 성격에서 볼 때 그의 주요 작

> 중인물들은 작가적 언술의 객체에 해당될 뿐만 아니라 또한 그들 자체로서 의미 있는 언술의 주체에 해당된다. 따라서 어느 한 작중인물의 언술은 결코 어떤 방법으로도 성격 형성과 플롯 전개의 일반적 기능에 의해서는 철저히 설명될 수 없으며, 또한 그것은 작가 자신의 이데올로기적 입장을 전달하는 매체로도 사용되지 않는다. 주인공의 의식은 타인의 의식으로 나타나 있으나, 동시에 그 의식은 대상화되어 있지 않고, 닫혀 있지 않고, 작가 의식의 단순한 객체가 되고 있지 않다. 이런 의미에서 도스토옙스키의 주인공 상(像)은 전통적 소설에 나오는 인습적인 객체적 주인공 상과는 다르다.

다성적 소설은 다른 말로 '대화적 소설'이다. 단성적 소설은 '독백적 소설'이다. 바흐친이 단성적 문학의 대표적인 예로 들고 있는 톨스토이의 세계는 독백적이다. 즉 톨스토이의 작품에서 주인공의 말은 그에 관한 작가의 말이라는 견고한 테두리 안에 갇혀 있다. 톨스토이의 세계에서 작가는 자신의 주인공들과 논쟁을 벌이는 것이 아니라 다만 그들에 관해 이야기를 할 뿐이다. 따라서 거기에는 오직 하나의 인식 주체만이 있을 뿐이며 그 이외의 모든 것은 다만 그것의 대상에 지나지 않는다. 따라서 톨스토이의 작품에는 도스토옙스키의 경우와는 달리 작가와 작중인물들 사이에 진정한 의미의 대화적 관계가 성립되지 않는다. 바흐친은 단성적 문학의 작가로 톨스토이 이외에 투르게네프(Ivan Sergeevich Turgenev, 1818~1883)와 이반 곤차로프(I.A. Goncharov, 1812~1891), 괴테(Johann Wolfgang von Goethe, 1749~1832) 등을 들고 있다.

그에 비해 다성적 소설은 그 전체가 극히 대화적인 관계로 이루어져 있다. 도스토옙스키는 소설 전체를 하나의 '커다란 대화(great dialogue)'로 축조해놓았으며, 이러한 대화적 관계는 소설 구성의 모든 요소들 사이에 존재하는 것이다. 왜냐하면 대화적 관계는 텍스트 안에서 문장 구성적으로 나열된 대화에서 일어나는 단순한 응답보다 한결 광범위한 현상이기 때문이다. 문학의 다성성은 작품의 어느 한 요소에만 국한되는 것이 아니라 거의 모든 요소에 다 적용된다. 예컨대 그것은 작중인물과 밀접한 관련을 맺고 있는가 하면 또한 작품의 플롯과 구성, 주제나 이데올로기와도 긴밀하게 연결되어 있다. 뿐만 아니라 그것은 작품의 언어나 스타일의 문제에 있어서도 매우 중요한 의미를 지닌다. 이를테면 커다란 대화의 내부에서 대화적 상황은 소설의 낱말 하나하나 속으로 들어가 그것을 두 개의 목소리로 만들며, 또한 주인공들의 몸짓 하나하나 속으로 들어가 그것을 히스테릭하고 고통스러운 상태 속에 빠뜨린다. 도스토옙스키의 독특한 언어 표현 양식을 규정짓는 이와 같은 대화적 특성을 바흐친은 '축소 대화(micro dialogue)'라고 부른다.

관련 교육과정 목표

[12 문학 01-06] 문학작품에서는 내용과 형식이 긴밀하게 연관됨을 이해하며 작품을 수용한다.

참고 작품 : 염상섭 『삼대』

독백 | 獨白 soliloquy

독백은 한 사람의 등장인물이 무대 위에서 혼자 이야기하는 언어 운용 방식이다. 본래 희곡에서 사용하는 개념으로서 심리의 제시 및 상황 설명이나 해설의 역할을 한다. 독백은 현대소설 기법에서도 빈번하게 사용되며, 독백의 변형된 예로 내적 독백(interior monologue)을 들 수 있다. 내적 독백의 방식이 가장 조직적으로 나타난 것은 에두아르 뒤자르댕(Edouard Dujardin, 1861~1949)의 『월계수는 베어지다』이며, 그런 방식은 제임스 조이스의 작품에 그의 가장 내밀한 생각, 무의식과 가장 가까우며 일체의 논리적 조직 이전의 것인, 이제 막 태어나고 있는 중인 생각을 최소한의 통사론적 요소로 제한한 직접적인 문장들에 의해서 표현된 것으로 나타난다.

숄즈(R.E. Scholes, 1929~2016)와 켈로그(R. Kellogg)는 『서사의 본질』에서 내적 독백을 '어떤 화자도 끼어들지 않은, 한 인물의 무언의 사고들의 직접적이고 즉각적인 표현'으로 정의하며, 그 표준적 자질들을 다음과 같이 예시하고 있다.

① 작중인물의 자기 언급은, 만약에 있다면, 1인칭이다.

② 현재의 담론 순간은 이야기 순간과 같다.

③ 언어, 즉 사투리, 말투, 단어, 그리고 문장의 선택은 화자가 어느 곳에서 끼어들든지 인물의 성격을 증명할 수 있다.

④ 인물의 성격에 있어 어떤 것에 대한 암시는 곧 인물 자신의 생각 안에서 단지 필요로 하는 설명과 함께 만들어진다.

⑤ 수화자(受話者)의 무지, 혹은 설명적인 필요에 대한 복종 없이, 생각하는 사람 이외에는 가정된 독자(청중)는 없다.

이와 비슷한 용어로 '의식의 흐름'이 있는데, 처음에는 동의어로 취급되다가 후에 다양한 차이점들이 규명되었다. 내적 독백이 '인식, 인물의 마음속에 이미 말로써 표현된 사고의 묘사, 자신에게 소리 없이 말하는 직접적인 묘사에 제한'되는 반면, **의식의 흐름**은 '말로 표현된 사고, 즉 내적 독백뿐만 아니라, 인물의 마음에 의해 생겨났으나 말로 형성되지 않은, 그러나 화자에 의한 내적 분석의 산물은 아닌 감각 인상들까지 포함'하는 일종의 자유연상이다. 즉 의식의 흐름이란 생각이나 느낌들이 의식의 표면에 떠올라 스치는 그대로 기술하는 소설 서술방법이다.

 **관련 교육과정 목표**

[9 국 05-04] 보는 이나 말하는 이의 특성과 효과를 파악하며 작품을 감상한다.
참고 작품 : 알베르 카뮈 『전락』

독자 | 讀者 reader

독자는 씌어진 언어적 **텍스트**의 수신자(addressee)이다. 독서는 독자가 대상 텍스트를 따라가는 형식으로 이루어진다. 또한 독자는 텍스트의 의미를 형성해간다. 일반적으로 독서란 하나의 텍스트와 하나의 독자를 전제로 하는 양자 간의 상호작용이며, 텍스트가 독자를 형성하는 것과 마찬가지로 독자는 텍스트의 의미를 만들어내는 데 참여한다. 따라서 텍스트와 독자는 상호 규정적이다.

독자는 텍스트를 읽어 나가는 과정에서 텍스트가 제공하는 의미의 다양한 가닥을 한 방향으로 정리해가기 위해 자신의 언어 지식과 텍스트 내에서 제공되는 정보들뿐만 아니라 자신의 논리적 사고의 숙련도나 해석적 관례와의 친숙성, 그리고 세계에 대한 광범위한 지식 체계에 의존해야만 한다. 텍스트와 독자의 상호 규정성은 본질적으로 그 둘 사이를 매개하고 있는 다양한 사회적 · 문화적 · 언어적 관습과 규약 체계들에 의존해 있는 것이다. 하나의 텍스트의 생산과 수용이 이루어지는 것은 그 사회가 가지고 있는 보편화된 관습과 규약들 안에서이며, 그 관습 체계는 궁극적으로 개인이 전개하거나 반응할 수 있는 인식의 유형들을 결정하고 통제한다.

따라서 독자는 독서를 함에 있어서 자기가 가지고 있는 여러 가지 지식과 해석 능력을 구사해야 하며, 그러한 능력은 보편적인 관습이나 규약—롤랑 바르트(Roland Barthes, 1915~1980)는 이것을 해석학적 규약(hermeneutic code)이라고 부른다—, 체계에 대한 습득(그러한 습득의 정도에 따라 독서의 폭과 깊이가 달라지게 된다)을 전제로 하는 것이다. 그러나 독자는 독서의 과정을 통해서 이미 자신이 가지고 있던 관습화된 지식의 일부를 수정하기도 한다. 독자는 독서를 통해서 기존의 관습에 수동적으로 굴복하는 단계를 넘어 세계에 대한 새로운 이해에 이름으로써 자신이 지니고 있던 관습의 인식적 태도를 확장해 나가기도 한다.

그러나 어떤 텍스트의 독서 내용은 독자에 따라 다양한 편차를 지니는 것이며, 동일한 독자라 할지라도 상황이 달라지면 동일한 텍스트를 다르게 읽을 수 있다. 따라서 엄밀한 의미에서 완전히 동일한 유형의 독서란 있을 수 없다. 이상적 독자, 현실적 독자, 유능한 독자, 경험 많은 독자, 유식한 독자, 일급 독자, 케케묵은 독자 등으로 독자들의 유형이 분류되는 것은 독자의 지식이나 독서 목적, 관심 영역, 심리적 상황 등에 따라 동일한 텍스트가 여러 가지 다른 형태로 수용될 수 있다는 점을 보여준다.

텍스트 수용에 대한 이론적인 논의는 텍스트의 생산을 둘러싼 전통적인 논의나, 혹은 텍스트를 자립된 완결 구조로 다루면서, 텍스트를 하나의 단일한 해석적 영역으로 환원시키는, 그럼으로써 텍스트 수용의 가변성을 도외시했던 논의들에 비해 그 역사가 비교적 짧은 편이다. 그 대표적인 예로 영미의 신비평가들이나 폴 리쾨르(Paul Ricoeur, 1913~2005)에 의해 '이미 구성이 끝나 고정되고 폐쇄된, 따라서 죽어 있는 자료 위에서 작업하는' 것으로 비판되었던 프랑스 구조시학자들은, 정도의 차이는 있을망정 대체로 텍스트를 자율적 대상으로 다루면서, 독자를 단지 텍스트 내의 정보를 피동적으로 받아들이는 부차적인 위치로 밀어냈다. 그후 독일의 수용미학을 만들어낸 새로운 연구자들, 이를테면 후설의 이론을 독서 행위 이론에 끌어들여 독서 현상학 이론을 만들어낸 로만 인가르덴이나 볼프강 이저(Wolfgang Iser, 1926~2007), 한스 로베르트 야우스(Hans Robert Jauss, 1921~1997) 등은 텍스트와 독자 간의 교호적 관계와 텍스트 해석의 가변성을 중시한다. 뿐만 아니라 메시지의 수신자, 즉 독자의 문제는 기호학 이론에서 중심적인 문제로 다루어진다. 특히 독일 수용미학의 이론적 기초를 다진 야우스는 텍스트의 수용 과정을 '지평의 융합'이라는 개념으로 설명한다. 즉 새로운 작품을 수용한다는 것은 기대지평의 관점에서 보면 수용자에게 이미 친숙한 지평이 새로운 작품이 지닌 지평에 부딪혀 변형되어 재구성된다는 말이며, 이 두 지평 간의 거리에서 지평의 변환이 이루어진다. 따라서 작품을 이해한다는 것은 수많은 지평을 융합하는 과정이 된다.

독일의 수용미학이 미국의 독자 반응 비평에 영향을 미친 것은 주로 볼프강 이저의 이론을 통해서였다. 특히 이저는 "하나의 텍스트는 읽혀질 때 비로소 생명을 갖게 된다. 따라서 하나의 텍스트가 정밀히 고찰되려면 독자의 눈을 통해서 연구되어야 한다"라고 말하면서 해석 과정에 대한 현상학적 분석을 발전시키고 그것을 많은 작품들에 대한 분석에 적용시켰다. 이저의 이론 가운데 특히 연구자의 관심을 끈 것은 **내포독자**(implied reader)와 텍스트상의 틈, 혹은 불확정성의 요소들에 관한 것이었다. 이저에 의하면 내포독자는 텍스트에 의해 미리 조직된, 따라서 텍스트 자체가 어떤 유형의 반응을 유발하도록 구조적으로 한정시켜주는 독자이다. 또한 독서는 독자가 텍스트 내의 무수한 틈들을 창조적으로 메워가는 과정으로서, 그것을 이저는 예기, 좌절, 회고, 재구성이 전개되는 과정으로 설명한다.

미국의 독자 반응 이론은 독일의 수용미학처럼 집단적인 학파의 이론을 가리키는 명칭이 아니라, 각자 독립된 이론가들의 작업을 지칭하기 위해 사후에 부여된 명칭이다. 조너선 컬러(Jonathan Culler, 1944~), 스탠리 피시(Stanley Eugene Fish, 1938~)나 노먼 홀런드(N.N. Holland, 1927~2017) 등은 모두 미국의 독자 반응 비평의 주요한 이론가들이지만 그들의 이론은 서로 구별되는 특성을 가지고 있다. 이를테면 조너선 컬러는 문학 텍스트의 인지 가능성과 독자의 독서 수행 능력 사이의 상관성을 강조하는 반면, 노먼 홀런드는 정신분석학의 개념들을 통해서 텍스트에 대한 독자의 반응을 설명하고 있으며, 스탠리 피시는 해석의 공통체라는 개념을 통해서 독서 행위를 가능하게 하는 해석적 코드의 사회적 공유의 문제에 주목한다.

관련 교육과정 목표

[10 공국 1-05-01] 문학 소통의 특성을 고려하며 문학 소통에 참여한다.

[9 국 05-08] 근거를 바탕으로 작품을 해석하고, 다른 해석들과 비교하며 자신의 해석을 평가한다.

참고 작품 : 이청준 『병신과 머저리』

로망스 | romance

서구 서사문학의 본질과 그 역사적 발전 과정을 해명하는 데에 로망스란 용어는 매우 중요한 의미를 지닌다. 현재의 문학 논의에서 이 용어가 반복적으로 거론되는 까닭은 소설의 '원조'에 해당하기 때문이다. 우선 이 용어가 가진 무게의 핵심은 고대의 서사문학이 근대의 소설(novel)로 이행해오는 데 징검다리 역할을 한 서사의 양식이라는 점에 있다.

이 용어는 영어에서 로맨스라 한다. 그러나 문학의 장르 전개와 연관된 맥락을 고려할 때 '로망스'라고 쓴다. 애초에 로망스는 라틴어에 대한 방언이었던 '로만스'어로 씌어진 이야기를 일컫는 말이었다. 그 내용이 대체로 기사(騎士)들의 황당무계한 무용담이나 연애담을 다룬, '기이하고 가공적이면서 모험적인' 성격을 강하게 지닌 것이었다.

서사문학의 발달 과정에서 로망스는 통상 서사시(epic) 이후에 나타나서 소설 양식의 등장과 더불어 쇠퇴한 것으로 알려져 있으나 노스럽 프라이(Northrop Frye, 1912~1991)는 로망스를 특정한 시대의 특정한 내용을 가진 문학 양식을 지칭하는 개념에서 문학의 보다 본질적인 국면을 다루는 장르의 개념으로 발전시키고 있다. 그의 『비평의 해부』에서 가장 잘 알려진 산문 픽션(소설, 로망스, 아나토미, 고백)의 이론에 의하면, 로망스란 일반적인 의미의 소설(이런 경우의 소설은 사실주의 전통에 매우 가까이 다가가 있다)과 구별되는 독립된 픽션의 한 형식이다. 즉 로망스란 '경험적 세계를 문제 삼는 소설과 대립되는 개념' 혹은 '인간 심리의 원형을 다루는 산문 픽션의 한 유형' 등으로 정의되는 것이다.

로망스는 12세기에서 15세기까지의 기간 동안에 크게 번성했는데, 이 당시 씌어진 로망스의 중심 소재는 영국의 전설적 왕이었던 아서 왕과 그의 기사들, 프랑크족의 왕이었던 샤를마뉴 대왕과 그의 기사들 및 그리스와 로마의 영웅들에 관한 전설이었다.

이러한 전설들을 소재로 한 로망스에서 인물들은 대개 사실적인 형태로서보다는 인간 심리의 어떤 원형을 대변하는 양식화된 인물로서 묘사된다. 그러나 르네상스 시대를 거쳐 자본주의 사회로 접어들면서 로망스 문학은 점차 현실성을 잃어간다. 세르반테스의 『돈 키호테』는 로망스에 나오는 기사를 흉내 내는 주인공의 우스꽝스러운 모습을 통해 로망스 문학을 패러디화함으로써 로망스의 쇠퇴와 근대소설 양식의 등장을 예고한 대표적인 작품으로 알려져 있다.

통시적인 맥락에서 볼 때 로망스는 특정 시기에 생산된 작품들에 한정되어 있으나, 프라이의 관점을 도입하면 로망스는 시대적인 제한성을 넘어서 인간 내면의 감추어진 원초적인 열정과 욕망을 그린 에밀리 브론테(Emily Bronte, 1818~1848)의 『폭풍의 언덕』, 멜빌(Herman Melville, 1819~1891)의 『모비딕』 등의 낭만주의적 작품들, 원형적인 성격 묘사와 종교적 경험에 대한 혁명적 자세를 보여주는 『천로역정』 등의 작품으로까지 확대될 수 있다.

관련 교육과정 목표

[12 문학 01-03] 주요 작품을 중심으로 한국문학의 범위와 갈래, 변화 양상을 탐구한다.

참고 작품: 김시습 『금오신화』, 작가 미상 『춘향전』

로스트 제너레이션 | lost generation

제1차 세계대전 직후 파리에서 지적인 망명자로서, 혹은 방랑하는 문학적 보헤미안으로서 청년기를 보낸 일군의 미국 출신의 작가들 — 헤밍웨이(Ernest Hemingway, 1899~1961), 피츠제럴드(Francis Scott Fitzgerald, 1896~1940), 포크너(William Faulkner, 1897~1962), 더스패서스(John Dos Passos, 1896~1970) 등을 가리킨다. 유럽의 자유주의적 전통을 수호한다는 명분 아래 참전했던 작가 지망 청년들은, 전쟁을 체험하게 되는 모든 젊은 세대들과 마찬가지로, 좌절과 허무만을 안게 된다. 그리고 삶의 방향과 목표성을 상실한 채 술과 여자에 탐닉하며 찰나적 현재에 몸을 맡기는 그들의 전후적 삶의 모습을 작품에 그대로 재현해낸다. 1926년에 간행된 즉시 전후(戰後) 미국 최고의 소설로 평가받은 헤밍웨이의『해는 다시 떠오른다』에는 상처받고 뿌리 뽑힌 전후 세대들의 삶의 모습이 생생히 그려져 있다. "당신은 국적 상실자군요. …… 토양과의 접촉을 잃어버렸어요. (중략) 가짜의 유럽적 기준이 당신을 망쳐버렸어요. 당신이 하는 일은 죽도록 술을 마시는 것뿐이지요. 그리고 섹스에 사로잡혀 있어요. 당신은 당신의 모든 시간을 일을 하면서 보내는 게 아니라 말을 하는 걸로 보내요. 알겠어요? 당신은 종일을 카페 주변이나 서성거리고 있어요." 이 소설의 작중인물 중의 하나인 빌이 이 소설의 주인공 제이크 반스에게 하는 말 속엔 바로 '상실의 세대' 작가들 자신의 방황하는 삶의 모습이 담겨 있다.

전후 세대의 찰나주의적 삶의 모습을 그려낸 피츠제럴드의 『위대한 개츠비』와 귀환한 부상병이 마침내는 죽음에 이르기까지의 참담한 삶의 궤적을 추적하고 있는 포크너의 『병사의 보수』, 그리고 전쟁의 상흔의 여러 유형을 보여주는 더스패서스의 『3인의 병사』 등도 '상실의 세대'에 속하는 작가들의 문학적 성향을 집중적으로 반영하고 있는 작품의 예들이다. 그러나 한때 유행되었던 '앵그리 영맨'이나 '비트 제너레이션' 등과 함께 '로스트 제너레이션'이라는 말이 비평적 화제로 회자되게 된 까닭은, 거트루드 스타인(Gertrude Stein, 1874~1946)에 의해 "당신들 모두는 상실의 세대로군요"라는 상징적인 말로 요약된, 청년 작가 시절 이들이 공유했던 삶의 방식과 문학적 성향에서보다는, 이들의 눈부신 면면이 스스로 말하고 있듯이 이들이 후일 미국 문학과 세계 문학에서 차지하게 되는 작가적 중요성에서 찾아진다. 이들 '상실의 세대'는 두 사람의 노벨상 수상자를 배출했을 뿐만 아니라, 19세기 후반에 수립된 미국 소설의 위대한 전통을 명실상부하게 20세기에 계승한 현대의 미국 문학을 대표하는 작가들이기 때문이다.

관련 교육과정 목표

[12 문학 01-05] 한국 작품과 외국 작품을 비교하며 읽고 한국문학의 보편성과 특수성을 파악한다.

참고 작품 : 손창섭 「비 오는 날」, 이범선 「오발탄」(한국 전후문학과 미국 전후문학)

모티프 | motif / motive

어원상으로는 운동의 근원적인 원인, 예술에서는 창작이나 표현의 기본적인 동기를 의미한다. 문학에 통용되는 일반적인 의미는 문학 텍스트에 자주 반복되어 나타나는 특정한 요소, 예컨대 가장 작은 서사적 단위, 낱말, 문구, 사건, 기법, 공식 등을 가리킨다.

러시아 형식주의자들이나 구조주의자들, 그리고 신화-원형 이론을 다루는 이론가들은 문학의 특수한 독창성을 입증하면서 유사성을 보여주는 본질적인 방법들을 찾기 위해 주제적 단위(thematic unit) 중심으로 연구해왔다. 가장 작은 구문론적 단위에 몰두한 토마셰프스키는, 단순하고 더 이상 나누어질 수 없는 단위에 대한 욕망 때문에 모티프를 절(clause)과 일치시킨다. '각각의 절은 그 자체의 모티프를 지니고 있다.' 즉 그것은 '주체적 제재의 가장 작은 요소'가 되는 것이다. 예컨대 '그는 주먹을 불끈 쥐었다', '이가 쑤셨다' 같은 절은 그 자체가 하나의 모티프로 간주된다. 한편 그는 모티프들을 분류하면서 술어를 최초로 세분화한 바 있는데, 이것이 바로 상황을 바꿀 수 있는 모티프인 동적 모티프와 상황을 바꿀 수 없는 모티프인 정적 모티프이다. 또 한편으로 **시퀀스**(sequence)를 포함하는 절(clause)

에 의해 작용하는 역할(role)에 따라, 결합 모티프(bound motifs)와 자유 모티브(free motifs)로 분류된다. 결합 모티브는 생략할 수 없는 모티프, 스토리를 다시 이야기할 때 빼버리면 사건의 연결을 혼란시키는 요소들을 가리킨다. 자유 모티프는 생략할 수 있는 모티프, 스토리를 다시 이야기할 때 빼버려도 서사체의 일관성을 깨뜨리지 않는, 즉 사건들의 전체적 인과의 연대기적 과정을 혼란시키지 않는 요소들을 가리킨다.

토도로프(Tzvetan Todorov, 1939~2017)의 이러한 분류는 바르트에 의해 기능(function)과 지표(indices)의 개념으로 발전한다. 즉 바르트는 결합 모티프를 기능으로, 자유 모티프들을 지표로 부른다. 그리고 그는 기능을 다시 ① 핵(noyau, 서사체 또는 그것의 단편들의 행위적 요체들을 구성한 것들, 채트먼의 **핵사건**[kernels]의 개념) ② 촉매작용(catalysts, 핵사건이 뼈대를 형성하는 서사체 공간을 채우는 나머지 것들이다. 채트먼의 **주변사건**[satellites]의 개념)으로 구분하고, 지표를 ① '인격적 특성이나 감정이나 분위기', ② '시간과 공간의 어떤 요소들을 동일시하거나 정확하게 가리키기 위해 사용된 정보의 조각들'로 분류한다.

모티프에 대한 논의는 아직까지도 그리 정교하지 못한 편이다. 서사학적 관점이 이루어낸 그동안의 성과에 따르면, 대체로 모티프는 텍스트에 나타난 단어와 일치할 수도 있고 단어의 부분(의미, 의미론적 자질)과도 상응할 수 있으며, 통합체(syntagma) 또는 문장과도 상응하는 것으로 이해될 수 있다.

서사 구조의 조직적인 분석에 의하지 않고서도 모티프를 이해하는 손쉬운 방법 중의 하나는 소재와 구별하는 것이다. 예컨대 모티프는 개별적이고 구체적으로 규정된 사물이나 사건의 성격을 가지는 소재와는 달리 애증, 복수, 한탄, 연민, 민족애 등과 같이 추상적인 성격을 가질 수도 있고, 소재 그 자체처럼 구체적일 수도 있다. 이때의 구체성은 물론 문학의 관습에서 오래도록 되풀이되어 온 소재의 성격을 뜻한다. 신데렐라의 신발 모티프는 후자의 경우이고, 부친 살해 · 근친상간 · 변신 모티프 등은 전자의 경우이다. 구체성과 추상성을 불문하고 모티프의 본질은 '반복'과 '되풀이'이다. 그러므로 하나의 모티프는 여러 소재들에 공통적으로 나타날 수 있고, 반대로 하나의 소재 속에 여러 개의 모티프가 나타날 수도 있다.

모티프에 대한 논의 중 모티프와 주제(theme)와의 변별적 특질에 대해서는 용어를 정리해 사용할 필요가 있다. 주제는 모티프와는 달리 문학 전체에 있어서까지 제시될 수 있는 의미론적 범주를 가리키는 것으로 말할 수 있으며, 모티프는 주제를 형성하는 데 직접 참여할 수도 있고 그렇지 않은 경우도 있다. 주제 형성에 직접적으로 참여하는 모티프를 음악 용어를 빌려와 라이트모티프(leitmotif, 중심 모티프)라 한다.

이범선의 단편 「오발탄」에 나오는 '가자!' 모티프는 일종의 라이트모티프에 속한다. 주인공 송철호의 어머니의 삶의 정황과 심리 충동을 상징적으로 드러내주는 이 짧은 독백은 텍스트에 여러 차례 반복되어 이 작품의 주제에 결정적으로 작용하게 된다. 해방과 6 · 25 이후의 남한 사회에서 비참하게 살아가는 월남민들의 삶의 현실을 극적으로 재현하고 있는 이 소설의 '가자!' 모티프야말로 주제 형성에 매우 강력한 요소로 기능하고 있다. 그것은 이 모티프가 정신이상자가 되어버린 어머니의 처절한 절규이며, 고향과 상실한 삶의 회복을 꿈꾸는, 그리하여 지금, 이곳에서의 삶이 아수라의 삶인 것을 역설적으로 부각시키는 작가의 목소리이자 작가 의도를 반영한다고 볼 수 있기 때문이다.

한편 원형 심상, 상징 등을 모티프의 일종으로 보는 관점도 있다. 이것은 형식주의적 관점에서부터 모티프의 개념을 해방시켜 작품의 주제를 이루어내고 통일감을 주는 주요 단위로 그 의미를 확정시키려는 문학적 노력의 산물이자 성과에 해당하는 사항이다.

관련 교육과정 목표

[10 공국 1-05-02] 갈래에 따른 형상화 방법의 특성을 고려하며 작품을 수용한다.
참고 작품:박완서 「해산 바가지」, 김동리 「황토기」, 김승옥 「역사(力士)」

묘사 | 描寫 description

소설은 경험의 언어적 재현이라고 한다. 이 재현은 행동과 사건의 재현, 사물과 인물의 재현 두 측면을 포함한다.

서술(narration)은 이 두 가지를 포괄하는 개념이며, 전자와 후자는 서술이라는 언어 경영의 상이한 두 국면이다. 묘사란 후자, 즉 사물과 인물의 재현을 가리킨다. 제라르 주네트(Gérard Genette, 1930~2018)가 『설화의 범주(*Boundaries of narrative*)』에서 설명하는 바에 따르면, 행동과 사건의 재현은 이야기의 시간적 · 극적 양상에 역점을 두는 반면, 묘사는 대상과 존재들을 동시성 속에서 파악하고 행동 자체를 장면으로 간주한다는 것이다. 때문에 사물이나 사람이 묘사의 대상이 되지 않고 행동 자체가 묘사의 대상이 될 때 시간의 흐름은 지연되고 이야기는 공간 속에 배치된다. 이 경우 묘사는 이야기의 선조적(線條的)인 진행을 차단하고 서술의 시간은 늘어난다. 인물이나 사물의 외양이 대상이 될 때의 묘사에서 이야기의 시간은 아예 정지된다.

현대소설에서는 인물의 외양의 재현은 기피하는 반면, 행동과 사건을 장면화하고자 하는 뚜렷한 경향이 나타난다. 다시 말하자면 행동 자체를 묘사의 대상으로 삼고자 한다.

관련 교육과정 목표

[10 공국 1-05-02] 갈래에 따른 형상화 방법의 특성을 고려하며 작품을 수용한다.

참고 작품 : 이효석 「메밀꽃 필 무렵」, 김동인 「광화사」

문체 | 文體 style

영어의 스타일에 대응하는 '문체'는 문학의 용어일 뿐만 아니라 예술 전반과 생활, 그리고 행동 양식에 이르기까지 두루 쓰이는 말이다. 웹스터 사전에서는 문체를 ① 개인이나 학파, 혹은 특정한 집단의 표현 양태, ② 내용이 아니라 내용을 담는 형식, 즉 형식과 관련되는 문학적 작문의 면모, ③ 담론에서 취해진 태도, 어조, 방침이라고 규정하고 있다. 문체를 순전히 기술적인 측면만으로 한정하여 보려는 관점도 있다. F.L. 루카스(Frank Laurence Lucas, 1894~1967)가 그런 경우인데, 그에 따르면 문체란 '작문의 방법(a way of writing)'이거나 '좋은 작문의 방법(a good way of writing)'이라는 것이다.

한편 J.M. 머리(John Middleton Murry, 1889~1957)는 문체를 '개인과 보편의 완전한 융합'이라고 정의하고 있다. 이러한 정의에서는 가치 평가적인 입장이 두드러지는데, 그가 문체란 '개성적이고 특이한 표현에 있어서의 보편적인 의미의 완전한 구현'이라거나 '개인적인 특징이 고도의 기법에 의해 성취된 때에 결과되는 언어 예술'이라고 말할 때 특히 그러하다. 머리에게 있어서 문체란 따라서 탁월한 문학작품과 동의어가 되는 셈이다. 마크 쇼러(Mark Schorer,

1908~1977)는 문체를 오로지 기법이라는 측면에서 주목한다. 기법(technique)이란 내용, 즉 경험과 성취된 내용, 즉 문학작품 사이에 개재(介在)하는 것이며, 그 구체적인 드러남이 곧 문체이다. 그가 말하는 기법이란 단순한 개념이 아닐 것은 물론이다. 그에게서의 기법이란 발견의 수단, 즉 경험 속에서 가치를 발견하는 수단이다. 이렇게 되면 문체는 곧바로 작가의 세계관의 문제가 된다. 즉 문체란 '저자를 둘러싸고 있는 세계의 개인적인 여과의 반영'이다. 개인적인 여과란 선택의 문제와 직결될 것은 물론이고, 작가가 어떤 문체를 선택할 때 그 선택 속에는 이미 작가의 세계관이 작용한다.

문체는 비전의 문제라는 프루스트의 지적도 이런 문체관과 일맥상통하는 것이다. 문체가 세계관의 문제와 밀접히 관련되는 것이기 때문에 시대에 따라 문체관도 변모되어왔으리라는 사정은 짐작될 수 있겠다. 개인적인 세계관보다 집단적인 세계관이 우세하고 균형, 조화, 절제를 규범으로 삼았던 고전주의적 전통에서 문체는 단지 설득을 위한 기법의 일부로 간주되었다. 규범적인 세계관에 지배되던 시대에서 작가가 되고자 하는 사람은 고전의 규범적인 문체를 배워야 했다. 비극, 희극, 풍자 등은 장르적 문체를 가지고 있다. 예컨대 고귀하고 숭엄한 문체는 서사시나 비극에, 비속한 문체는 풍자시에 적합하다고 간주되었다. 고귀한 주제를 고귀한 형식에 담아 표현하는 밀턴(John, Milton, 1608~1674)의 숭엄한 문체나 비천한 현실을 비천한 그대로 표현하는 풍자극, 소극의 비속한 문체는 고귀한 세계와 비천한 세계가 엄격하게 구분되던 고대 서양의 결정론적인 세계관의 반영이다.

고전주의의 문체적 규범을 깨뜨린 것은 낭만주의이다. 낭만주의자들은 개인의 창의와 개성을 억압하는 집단적인 세계관의 산물들인 모든 문체적 규제와 전범들로부터 해방되고자 했다. 이것이 규범적 문체 대신 기술적(記述的) 문체가 대두되게 되는 배경이다. 낭만주의의 문체관은 '문체는 곧 사람이다'라는 명제 속에 가장 잘 반영되어 있다. 이러한 문체관은 차츰 극단화되어 드디어 낭만주의자들은, 문체는 생득적인 재능이고 후천적으로 획득될 수 없는 것이라고까지 주장하기에 이른다.

현대에 들어서도 문체가 내용이냐 형식이냐 하는 문제는 계속해서 쟁점이 되고 있다. 문학에서 수사적 기능을 중시하는 입장은 그것을 내용이라고 본다. 반면 경험적 가치를 우선적으로 고려해야 된다고 주장하는 쪽에서는 문체를 문학의 부수적 가치에 불과한 것으로 평가하는 경향이 우세하다. 상반하는 이 두 문체관은 텍스트 내에서 상호 보완적으로 기능을 나타낸다.

관련 교육과정 목표

[12 문학 01-06] 문학작품에는 내용과 형식이 긴밀하게 연관됨을 이해하며 작품을 수용한다.

참고 작품 : 김동인 「감자」, 염상섭 「취우(驟雨)」

미메시스 | mimesis

플라톤(Platon, BC 427~347)과 아리스토텔레스에 의해 문학의 본질을 설명하는 핵심적인 개념으로 사용된 이 말은 흔히 재현(representation) 또는 모방(imitation)이라는 뜻으로 사용된다. 재현으로 이해되든 모방으로 받아들여지든, 요컨대 미메시스는 문학이 여타의 예술과 마찬가지로 흉내 내기의 결과라는 사고에서 빚어져 나온 개념이다. 흉내 내기라는 말 속엔 흉내 내기라는 행위에 대한 부정적인 가치 평가가 이미 내포되어 있다. 흉내 내기에서는 진짜와 가짜가 구별될 수밖에 없고 참으로서의 존재와 거짓된 존재가 대립할 수밖에 없다.

따라서 그 본질이 흉내 내기로 이해되고도 문학과 예술이 변호될 여지는 극히 희박해진다. 이러한 이해의 방식에서 문학과 예술을 변호하고자 한다면 그것은 가짜와 거짓을 옹호하는 일이 될 것이기 때문이다. 지혜와 이성이 지배하는 이상적인 사회를 건설하기 위해서는 우선 시인들을 몰아내야 한다는 플라톤의 생각은, 문학의 본질이 외계를 모방하는 데 있다고 본 그에게서는 당연스러운 논리적 귀결이었던 셈이다. 그러나 아리스토텔레스는 문학과 예술이 모방의 결과라는 사실에는 플라톤과 생각을 같이했지만 모방의 대상을 보는 입장은 판이했다. 즉 아리스토텔레스는 시가 모방하는 것은 가시적인 외계의 사물이 아니라 가시적인 사물들의 배후에 숨겨진 보편적인 원리라고 주장했다. 숨겨진 것을 모방한다는 주장에는 모방이라는 행위에 대한 독창적인 견해—모방은 단순한 흉내 내기가 아니라 발견하는 행위라는 생각이 담겨 있다. 그리하여 부정적인 가치로서 플라톤에 의해 배척되었던 문학과 예술의 본질은, 아리스토텔레스에 의해 유익하면서도 생산적인 가치라는 해석을 얻게 된다.

이러한 아리스토텔레스의 생각은 16, 17세기에 이르러 영향력을 넓혀갔다. 다시 말하자면 모방론은 고전주의 시대에 와서 좀 더 확고한 자리를 잡는다. 고전주의 문학은 그 최고의 이상을 자연의 완전한 질서와 고결한 인간적 덕성을 모방하는 데 두었고 전 시대의 훌륭한 문학적 규범조차도 모방의 대상으로 삼았다. 훌륭한 문학적 가치는 문학작품을 답습하고 모방함으로써 획득될 수 있다고 믿었던 것이다. 이러한 이상은 독창적인 가치와 개성적인 가치를 추구하는 문학적 이상과는 조화되기 어렵다.

문학이 가치 있는 것에 대한 모방 행위라는 아리스토텔레스에 원천을 두는 서양 문학사의 전통적인 믿음은 상징주의와 낭만주의 문학에 의해 거부되기에 이른다. 모방론은 창조론으로 대체된 것이다. 말하자면 모방론은 상상력과 개성적인 표현이 중시되던 낭만주의 시대에 와서 일시적으로 그 설득력을 상실하게 된 셈이다. 그러나 상상력과 개성적인 표현이라는 것도 인간의 사회적 경험에 근거하지 않을 때는 의미를 갖기 어렵다는 생각이 싹트기 시작하고 사실주의적 문학관이 대두하면서 모방론은 상실했던 영향력을 회복한다. 모방의 대상이 개연성이든 자연이든 또는 인간의 사회적 경험이든, 그것이 대상을 언어라는 수단을 통해 재현한다는 원리에 있어서는 다르지 않다. 부연하자면 **리얼리즘**은 모방론이라는 뿌리로부터 싹트고 발전해온 문학적 세계관이다. **재현**, 반영론도 마찬가지이다.

 **관련 교육과정 목표**

[10 공국 1-05-02] 갈래에 따른 형상화 방법의 특성을 고려하며 작품을 수용한다.
참고 작품 : 채만식 「미스터방」 『태평천하』

믿을 수 있는 화자와 믿을 수 없는 화자

| reliable narrator and unreliable narrator

화자의 신뢰성 여부는 문학적 표현의 소통 관계를 밝혀주는 중요한 개념의 하나. '믿을 수 있는 화자'란, 그 자신의 서술이나 스토리에 대한 논평이, 전체 이야기 구조나 텍스트가 지니고 있는 허구적 진실에 대한 신뢰할 만한 설명이라고 독자들이 받아들이게 되는 **화자**를 말한다. '믿을 수 없는 화자'는 그 반대, 즉 그의 서술이나 논평을 독자들이 신뢰할 수 없거나 의혹을 가지게 되는 화자를 말한다. 이런 서사 소통의 과정은 다음의 도표와 같이 나타난다.

내포작가 ·····► 화자 ——► 수화자 ◄····· 내포독자

실선은 직접적인 의사소통을 의미하며 점선들은 간접적이거나 추리적인 의사소통을 의미한다. 믿을 수 있는 화자의 경우에는 서사 행위가 실선의 부분, 즉 화자와 수화자 사이에서 일어난다. 믿을 수 없는 화자의 경우는 점선들을 통해 서사 행위가 이루어지며, 내포작가가 직접 내포독자와 의사소통을 하는 경우(위의 점선)와, 그것

이 화자와 수화자를 거치는(아래의 점선) 경우의 두 가지가 있다. 이럴 경우에 서사적 표현들은 **아이러니**적 성격을 띠게 된다.

믿을 수 있느냐 없느냐 하는 문제 자체가 주관적이고 추상적인 것이기 때문에 이런 개념의 화자들을 분리해내는 것은 쉬운 일이 아니며, 엄정한 논리적 판단으로 그 기준을 제시하는 것은 불가능한 것처럼 보인다. 대체적으로 서사 이론가들이 택하는 방식은 믿을 수 없는 화자의 특성을 열거함으로써 그 여타의 화자를 믿을 수 있는 화자로 간주하는 것이지만, 그 특성 자체도 이야기의 구조에 따라 매우 다양해지는 것이어서, 이 부분에 대한 연구는 편의적이고 임의적인 것이 될 수밖에 없다. 그래서 S. 채트먼(S. Chatman, 1928~2015)은 이런 기준에 대한 도전과 연구가 서사 이론가의 '직업적 모험'이라고 표현한다.

채트먼이 믿을 수 없는 화자의 특성으로 제시하는 것은, 탐욕(『밀정』의 제이슨 캠프슨), 크레틴병(즉 정신병이라는 의미—『음향과 분노』의 벤지), 멍청함(『훌륭한 군인』의 화자인 도웰), 심리적 · 도덕적 우둔함(『정글의 야수』에서의 마셰), 혼란과 세상물정 모름(『로드 짐』의 마로우), 천진무구(마크 트웨인의 작품에서 허클베리 핀) 등이다.

S. 리몬 케넌(Shlomith Rimmon-Kenan, 1942~)의 분류는 이보다 좀 더 보편성이 있다. 그는 믿을 수 없는 화자의 주요한 근거로 화자의 제한된 지식(혹은 이해력), 개인적 연루 관계, 문제성이 있는 가치 기준의 세 가지를 제시하는데 다양한 텍스트에 적용 가능한 기준으로 보인다. 첫째, 화자의 제한된 지식. 나이 어린 화자가 등장하는 수많은 서사물에서 화자의 나이가 적다는 것은 그가 제한된 지식이나 이해력을 지니고 있다는 명백한 증거이다. 독자들은 그런 화자를 신뢰하기 힘들다. J. D. 샐린저(Jerome David Salinger, 1919~2010)의

『호밀밭의 파수꾼』에서 자신이 겪은 최근의 골치 아픈 사건들을 이야기하는 소년의 경우, 포크너(William Faulkner, 1897~1962)의 『음향과 분노』에서 벤지와 같은 백치 화자, 주요섭의 「사랑 손님과 어머니」에서 옥희 등이 그 예가 될 것이다. 물론 이런 기준은 김유정(金裕貞, 1908~1937)의 「봄봄」「동백꽃」에서처럼 어리지 않은 화자에도 적용될 수 있다. 둘째, 개인적 연루 관계. 미묘한 심리적 요인에 의해 화자는 객관적 사실을 왜곡시킨다. 정신적으로 정상이고 성인 화자일 경우가 많다. 포크너의 『압살롬! 압살롬!』에서 로자는 서트펜이 아이들이 보는 앞에서 흑인들과 싸운 이야기를 상세하게 서술하고 있는데 다음과 같은 말을 덧붙인다. "하지만 나는 그 자리에 있지 않았다. 나는 거기 있지 않았기 때문에…… 서트펜의 얼굴을 보지는 못했다." 로자의 서술을 믿을 수 없는 것은 그녀의 지식이 제한되어 있다는 것뿐만 아니라 먼저 아들을 낳으면 결혼해주겠다는 모욕적인 제안에서 비롯된 그녀의 피해 의식, 서트펜에 대한 증오심 등 그녀의 개인적인 연루 관계 때문이다. 셋째, 의심스러운 가치 기준. 화자의 가치 기준이 주어진 작품의 내포작가의 가치 기준과 일치하지 않을 때 그 화자는 믿을 수 없게 된다.

내포작가의 가치 규범과 화자의 그것 사이에 간격이 있다는 것을 시사하는 텍스트 내의 요소는 다양하다. 구체적 사실들이 화자의 견해와 상치될 때 화자는 신빙성이 없다고 간주된다. 행동의 결과를 통해 화자가 틀렸음이 밝혀질 때 그 이전에 그가 보고한 사건도 소급해서 의심의 대상이 된다. 다른 작중인물들의 견해와 화자의 견해가 항상 상치될 때에도 독자의 마음속에 의심이 생겨난다. 또한 화자가 사용하는 언어가 내적 모순을 지니고 있거나 양다리 걸

치기 식의 인상을 줄 때 그 언어는 소급 효과를 가져와 그 언어 사용자의 신빙성을 무너뜨린다.

그러나 이런 기준을 적용한다 하더라도 많은 텍스트에 있어서 화자가 믿을 만한가 그렇지 않은가, 믿을 만하다면 어느 정도까지인가를 결정하는 것은 매우 어려운 일이다. 어떤 텍스트들(이런 텍스트들은 애매한(ambiguous) 텍스트라 불리기도 한다)은 그런 결정을 아주 불가능하게 하고 독자로 하여금 타협 없는 양자택일의 상황을 왔다갔다 하게 만든다. 가령 헨리 제임스(Henry James, 1843~1916)의 「나사의 회전」에 나오는 여자 가정교사는 귀신 들린 두 어린아이의 이야기를 전하는 믿을 수 있는 화자라고 볼 수도 있고, 또한 자신의 환각의 세계를 자신도 모르는 사이에 보고하고 있는 믿을 수 없는 화자로 볼 수도 있다.

일반적으로 숨겨진 스토리-외적 화자는 믿을 수 있는 화자일 가능성이 크다. 그러나 스토리-외적 화자가 겉으로 드러나게 되면 믿을 수 있는 화자일 가능성이 줄어든다. 왜냐하면 그의 해석이나 판단이나 일반화는 내포작가의 규범과 반드시 조화되는 것일 수 없게 되기 때문이다. 스토리-내적 화자는 스토리-외적 화자보다 믿을 수 없을 경우가 많다. 그 자신이 허구적 세계 속의 인물이기 때문이다. 그들은 제한된 지식이나 개인적 연루 관계, 의심스러운 가치 기준에 얽매이기 쉽다.

관련 교육과정 목표

[9 국 05-04] 보는 이나 말하는 이의 특성과 효과를 파악하며 작품을 감상한다.
참고 작품 : 채만식 「치숙」, 주요섭 「사랑 손님과 어머니」

백화소설 | 白話小說

중국 소설 중에서 구어와 속어로 쓰여진 소설을 지칭하는 용어. 넓은 의미의 백화소설에는 역대 중국의 소설 중에서 평민들이 사용하는 백화문으로 씌어진 소설 전반이 포함되지만, 좁게는 1900년대 이후 서구 문학의 충격으로 인해 나타난 백화문학 운동의 주장에 따라 씌어진 일련의 소설을 일컫는 말로 한정된다. 따라서 이것은 소재나 주제에 따라 붙여진 명칭이 아니라 소설을 서술하는 언어 층위에 따른 명칭이라고 할 수 있다.

표의문자인 한자는 개개의 글자가 각각의 뜻을 지니고 있기 때문에 글자 수가 매우 많고 문화상층인들이 쓰는 언어와 일상인의 언어 차이가 커졌다. 고급스런 언어는 문사들이 주로 썼다. 이들 언어는 '문어체'로 문장으로 발전해왔다. 따라서 문학에서 사용되는 문어와 평민들이 일상생활에서 사용하는 구어와는 상당한 차이가 생기게 된다. 중국의 언어 문학 전통에서는 이러한 두 언어를 구분해왔는데, 즉 귀족층의 문어를 문언, 평민들의 속어를 백화라고 한다.

문언은 일상어와는 달리 수천 년 동안 다듬어지고 규칙이 엄격한 글로서 형식적인 수사와 음악적인 성운 등이 매우 발달한 언어이다. 이러한 문학언어는 평민층에서 유리되어 지배계층인 사대부에서만 한정적으로 사용하였으며, 일상적인 구어, 즉 백화는 '하잘것없는' 언어로 천시되었다. 그러나 평민들의 진솔한 생활 감정이나 정서는 문학언어가 아닌 백화에 의해서 더욱 효과적으로 표현되었다. 백화소설의 출현은 이러한 중국의 특수한 언어적 환경에 의해 나타난 현상으로서, 곧 평민 문학의 흥성을 예고하는 것이었다.

백화소설의 기원은 멀리 육조 시대 또는 삼국시대 이전으로 거슬러 올라간다. 백화소설은 민간의 기예인 강창(講唱)에서 비롯되었는데 강창 중에서도 가창(歌唱)보다는 강설(講說)이 직접적인 대상이 된다. 고사의 전달에 중점을 두었던 강설의 대본, 즉 설화의 대본은 바로 소설로 윤색될 수 있는 성질의 것이었기 때문이다(설화가 소설의 발생에 직접적인 영향을 주는 것은 우리나라 고소설 중에서 특히 '판소리계 소설'에도 공통적으로 나타나는 현상이다).

백화소설은 당 · 송을 거쳐 청말에 이르기까지 활발하게 창작되고 향유되었다. 『삼국지연의』를 비롯한 『수호전』 『서유기』 『금병매』의 명나라 4대 기서와 청대의 『유림외사(儒林外史)』 『홍루몽』 등이 모두 백화로 씌어진 소설들이다. 백화소설이 성행하게 된 이유는 우아하고 간결한 문언으로는 담을 수 없는 평민들의 사상과 감정을 표현하는 데에는 백화문이 적합하였으며, 신이한 경험담이나 영웅호걸들의 초인적인 활약, 재자가인(才子佳人)의 달콤한 사랑 등 현실적으로는 경험할 수 없는 평민들의 꿈과 희망을 담는 데 소설이라는 양식이 적절하였기 때문이다. 그러나 백화소설은 현실과는 동떨어진 신이담만을 담기에 그치지 않는다. 오히려 이와는 달리 구어와 속어를 통한 생생한 현실의 묘사와 등장인물 등에 대한 생동하는 묘사가 어우러지고 있으며, 이야기의 전개 과정에서는 시 · 공 · 가계 등을 정확히 기록하여 사실감을 부각시키고 있다. 또한 빈틈없는 서술과 묘사를 통해 독자의 흥미를 고조시키고 있다. 특히『유림외사』와『홍루몽』은 백화소설의 백미에 해당하는 작품인데,『유림외사』는 당대 사대부 계급의 허위와 타락을 날카롭게 해부하고 있으며『홍루몽』은 몰락해가는 가문의 젊은 남녀들의 생태를 여실하게 보여주고 있다.

이렇듯 백화소설이 널리 창작되고 향유되었음에도 불구하고 중국 소설의 주류는 문언(문학언어) 중심이었다. 문언 중심의 문학에 대한 반대의 기치를 들고 나타난 것이 바로 20세기 초의 백화문학 운동이다. 이것은 우아한 귀족 문학을 탈피하고 속어로 표현하자는 평민 문학의 제창이라 할 수 있는데, 이러한 주장에 따라 씌어진 소설이 좁은 의미의 백화소설이다.

백화문학 운동의 선구적인 역할을 담당한 사람은 후스(胡適, 1891~1962)와 천두슈(陳獨秀, 1879~1942)였다. 후스는「문학개량추의(文學改良芻議)」라는 글에서 내용 있는 표현, 옛사람들을 모방하지 말 것, 속어와 속자를 피하지 말 것 등의 여덟 가지를 주창한다. 물론 이것이 논리적 체계를 갖추고 있지는 못하고 문체 개혁론의 수준에 머물고 있으나 당시의 문학계에 던진 충격은 엄청난 것이었다. 후스의 뒤를 이은 천두슈는「문학혁명론」에서 중국 문학이 나아갈 방향을 보다 구체적으로 보여주고 있다. 그의 주장은 ① 형식적으로 다듬은 아첨하는 귀족 문학을 타도하고 쉽고도 서정적인 국민 문학을 건설한다. ② 진부하고 과장적인 고전문학을 타도하고 성실한 사실(寫實) 문학을 건설한다. ③ 뜻이 애매하고 까다로운 산림(山

林) 문학을 타도하고 명료하고 통속적인 사회 문학을 건설한다, 라는 세 가지이다. 이러한 천두슈의 주장 역시 용어나 개념에 대한 구체적인 분석은 없지만 문학이 나아갈 방향을 제시하고 있다는 점에서 커다란 의의가 있다. 후스와 천두슈를 비롯한 백화문학 운동의 이론과 주장을 소설 작품 속에 구체적으로 실현하고자 한 것이 바로 좁은 의미의 백화소설이다.

백화소설이 추구하는 이러한 특성들을 탁월하게 형상화한 작품은 바로 루쉰(魯迅, 1881~1936)의 『광인일기』(1918)라 할 수 있다. 이후 백화소설은 5·4운동 등을 거치면서 중국 문학의 주도적 위치를 차지하게 되는데, 궈모뤄(郭沫若, 1892~1978)·마오둔(茅盾, 1896~1981)·예사오쥔(葉紹鈞, 1894~1988) 등이 대표적인 작가이다.

이러한 백화소설이 우리나라의 소설에 미친 영향은 지대한 것으로 평가되고 있다. 특히 우리 고전소설에 있어서 『삼국지연의』나 『홍루몽』 등이 미친 영향은 엄청난 것이어서 그 아류의 작품이 나오기도 하였다. 1910년대 이후에는 중국의 백화소설의 영향보다는 일본을 통한 서구 소설에 대한 경도로 기울지만, 루쉰의 작품이나 후스의 주장 등도 역시 한국 소설의 발달에 일정한 기여를 해온 것으로 평가된다.

관련 교육과정 목표

[12 문학 01-05] 한국 작품과 외국 작품을 비교하며 읽고 한국문학의 보편성과 특수성을 파악한다.

참고 작품: 염상섭 「만세전」, 루쉰 『아Q정전』

베스트셀러 | bestseller

일정 기간 동안에 인기를 얻어 많이 팔리는 책들을 가리킨다. 언어로 조직된 작품들, 이를테면 문학작품을 위시한 종교 경전, 교과서, 정치 · 경제 · 법률 · 과학 등의 입문서, 다큐멘터리, 르포, 미래학 서적 등등 심지어는 초등학생이 쓴 그림일기에 이르기까지 자본 유통 시장을 거쳐 독자에게 전달되었을 때 그것이 독자의 구매 욕구에 부합된다면 베스트셀러의 품목에 오를 수 있다. 즉 베스트셀러는 독서 현상의 사회적 측면을 강조하는 것으로 시장성의 개념을 전제한다. 부연하자면 베스트셀러는 출판 문화의 발달과 유통 시장의 확대라는 자본주의적 사회구조의 산물이다.

베스트셀러는 보통 '특정 시간 동안 특정 사회에서'라는 단서가 붙는 관계로 고전 또는 스테디셀러와 구별될 필요가 있다. 일반적으로 고전이라는 용어는 가치의 개념이 일차적으로 부가된다는 점에서 명작 또는 걸작의 부류에 속할 수 있으며, 이러한 사실은 베스트셀러가 반드시 베스트 북은 아님을 역설적으로 암시한다. 또한 베스트셀러는 지속적으로 꾸준하게 독자의 수요를 충족시켜주는 스테디셀러와 달리 일회성 · 일과성을 주요한 속성으로 하기 때문에 당대의 문제를 민감하게 다루는 이른바 시사성을 나타내게 된다. 이런 점에서 베스트셀러는『코란』『성경』, 불교의 여러 경전들, 제자백가의 저서들과 사마천(司馬遷, B.C.145~86?)의『사기』 등과는 구별된다.

한 편의 작품이 베스트셀러가 되는 요인을 분석하는 일은 마치 어느 상장회사의 주식이 제일 투자가치가 높은 것인가를 예견하는 일만큼이나 까다롭다. 전혀 예기치 않았던 출판물이 베스트셀러가 되는 경우도 있으며 비정상적인 유통 방식을 통해 베스트셀러의 목록에 오르는 출판물도 더러 있다. 이러한 사실은 현대사회의 다양한 욕구와 복잡다기한 삶의 방식 및 그것을 조율하는 보이지 않는 힘 등에 기인하는 것이다. 즉 베스트셀러를 만드는 가장 핵심적인 속성은 상업성 · 상품성이기 때문에, 진지하고 성숙한 글쓰기와 거리가 먼 사례들이 쉽게 눈에 띈다. 그러나 상업적으로 성공한 작품이라고 해서 반드시 저급하고 미숙한 작품이라고 할 수는 없다. 그런 점에서 베스트셀러와 훌륭한 작품이 양립 불가능한 것은 아니다.

우리 소설에서 베스트셀러로 대략 손꼽을 수 있는 것들은 정비석(鄭飛石, 1911~1991)의『자유부인』, 최인호(崔仁浩, 1945~2013)의『별들의 고향』, 조해일(趙海一, 1941~2020)의『겨울여자』, 박범신(朴範信, 1946~)의 통속소설들과 이문열(李文烈, 1948~)의『추락하는 것은 날개가 있다』 같은 소설들, 대하 역사소설의 범주에 속하는 황석영(黃晳暎, 1943~)의『장길산』, 조정래(趙廷來, 1943~)의『태백산맥』 등이다. 이들 작가들은 대체로 자기 작품의 상품적 가치로 인해 인기 작가, 베스트셀러 작가라는 별칭이 붙어다니며, 이윤을 추구하려는 출판사의 광고 공세와 토픽을 주로 다루는 매스컴에 의하여 과대 포장되는 경우가 많은 편이다.

 **관련 교육과정 목표**

[10 공국 1 05-01] 문학 소통의 특성을 고려하며 문학 소통에 참여한다.

참고 작품:(2024년 교보문고 베스트셀러) 윤정은 『메리골드 마음 사진관』, 양귀자 『모순』, 최은영 『아주 희미한 빛으로』, 최진영 『구의 증명』

변신 모티프 | Metamorphosis motif

바슐라르(G. Bachelard, 1884~1962)에 의하면, 상상력의 최초의 양상과 작용은 짐승의 모습을 띠고 나타난다고 한다. 그의 이런 발언은 인간의 심성에 내재되어 있는 근원적인 변신 욕망을 적절히 지적한 것이다. 인간의 변신 욕망은 폐쇄된 현실적 삶의 지양과 초월이 가능하다는 믿음에서 기인하는 것이며, 그렇기 때문에 변신 욕망은 문학의 중요한 모티프로 끈질긴 생명력을 가진 채 반복 변주되어오고 있다.

서구 문학의 원류라 할 '그리스 로마 신화'는 한마디로 인간과 자연 — 천체, 동물, 식물, 기체 등 — 의 일치를 다룬 이야기이다. 메아리의 신 에코가 자신의 사랑을 이루지 못하고 메아리로 변한 사실과, 이에 대한 앙갚음으로 나르키소스가 꽃(수선화)으로 변신되었다는 것은 그 한 예에 불과하다. 주지하는 바와 같이 카프카의 「변신」에서는 그레고르 잠자가 느닷없이 갑충으로 돌변하는데, 이것은 자신이 속해 있는 집단에서조차 자기 존재를 정립하는 데 실패하는 현대인의 소외된 모습을 상징적으로 표현한 것이다.

불교 설화에서도 변신담은 매우 중요한 모티프로 기능한다. 변신은 원래 부처의 변화신(變化身)의 줄임말로서 신비한 세계를 갈구한 고대인들의 사유의 중요한 특징 중 하나였다. 이 모티프를 원용한 우리 고전소설로는『금방울전』『박씨전』『옹고집전』등이 있다.

우리 문학에서 변신 모티프의 기원은 단군신화의 '웅녀'에서 찾아진다. 단군신화는 천인(天人)의 인간화와 짐승(곰)의 인간화라는 두 개의 모티프를 포함하고 있다. 단군신화뿐 아니라 고대 건국 신화의 많은 부분에서 변신 모티프가 발견되고 있다. 우렁이가 미인으로 둔갑한 이야기, 여우가 여자로 둔갑한 이야기, 호랑이가 처녀의 모습으로 화했다는 이야기 등등 민담, 전설, 설화의 다양한 서사양식에서 변신 모티프는 그 핵심을 이루고 있다.

변신은 그 성격상 보상형과 응보형으로 유형화될 수 있다. 단군신화에 보이는 웅녀의 변신이 전자의 예라면, 우렁이 미인은 후자의 대표적 예이다.

동서양을 막론하고 동물의 인간화 또는 그 역의 형태가 문학적 상징으로 주요한 몫을 차지했던 까닭은 여러 가지 면에서 설명될 수 있다. 변신(또는 둔갑)은 자신의 탈(mask)을 바꿔 쓴다는 의미와 일치한다. 탈의 일차적 기능은 자신의 모습을 숨기는 데 있다. 그것은 위장과 기만을 본질로 하며, 상대방이 눈치채지 못하는 공격의 수단으로 활용된다. 반대로 그것은 인간의 위선을 폭로하는 장치가 되어, 인간 내면에 깊숙이 자리 잡은 야수성의 상징으로 드러나기도 한다. 이청준(李清俊, 1939~2008)의「가면의 꿈」「예언자」등에 반복되는 가면 모티프는 일상생활의 규격성 · 제도성 · 획일성에 일탈하고자 하는 인간의 심리적 욕망을 표현한 것이며, 최인훈(崔仁勳, 1936~2018)의『가면고』는 '가면 벗기'를 통해 진정한 자아를 찾아가는 행로를 보여주는 소설이다. 가면 벗기가 인간의 자아 완성을 도모하기 위한 정공법적 차원의 접근이라면, 가면 쓰기는 내면적 위선을 은폐하기 위한 행위로 해석되는 경우가 많다. 이런 면에서 전광용(全光鏞, 1919~1988)의 「꺼삐딴 리」는 변신 모티프의 한 변형으로 읽을 수 있다. 사세(事勢)의 변화에 따라 능숙하게 자기 보호색을 바꾸는 주인공 이인국 박사는 '가면 쓰기'의 전형이며 작가의 역설적 공격 대상이 된다.

인간이 자기의 현 존재에 만족하지 못하고, 근본적인 실존마저 위협당하는 현대의 상황에서 변신 욕망은 그것이 전통적인 형태로 나타나든 혹은 다른 변화된 모습으로 드러나든 문학의 중요한 모티프로서 중요한 의미를 부여받고 있다.

관련 교육과정 목표

[10 공국 1-05-02] 갈래에 따른 형상화 방법의 특성을 고려하며 작품을 수용한다.
참고 작품 : 한강 『내 여자의 열매』, 이청준 『가면의 꿈』, 김시습 『금오신화』

복선 | 伏線 foreshadowing

앞으로 다가올 상황에 대한 암시를 뜻하는 것으로, '다가올 사건들이 미리 그 전조를 드리우는' 방식으로 서사적 흐름이 진행되는 소설적 장치를 말한다. 복선은 보통 예시적인 주변사건들을 활용함으로써 이루어지며, 인물이나 배경 등에 의해 유추된 추론의 형태, 즉 그러한 요소들이 계속되는 사건의 진행을 투사하는 형태를 취한다. 이를테면 비극적인 사건이 일어나기 전에 어두운 배경을 그린다거나, 후에 중요한 역할을 담당하게 될 인물에 대한 특별한 인물 묘사를 통해 그에 대한 강한 인상을 심어주는 수법 등이 그것이다. 전자의 경우는 대개 **분위기**(atmosphere)의 효과와 일치한다. 때로 복선은 서스펜스의 효과를 수반하기도 하며, 대개의 경우 복선의 목적은 독자의 흥미를 강하게 유발함으로써 독서의 재미를 강화시키거나 독자들에게 미리 심리적 준비 단계를 거치게 함으로써 다가올 사건이 우발적이거나 당황스러운 것으로 받아들여지지 않게 하려는 데에 있다.

관련 교육과정 목표

[9 국 05-02] 갈등의 진행과 해결 과정을 파악하며 작품을 감상한다.
참고 작품 : 모파상 「목걸이」

부조리 문학 | 不條理文學 literature of the absurd

인간은 본질적으로, 그리고 근원적으로 부조리하다는 인식을 표현하고 있는 문학들, 특히 희곡과 소설 장르에 이러한 경향이 두드러진다. 부조리 문학은 전통적 문화 및 문학의 신념과 가치 체계에 대한 하나의 반항으로 제2차 세계대전 이후에 나타났고, 표현주의와 초현실주의 등 전위적 예술 유파의 형식 실험에서 영향을 받으면서 성장했다.

유사한 문학적 주제들이 문학사에 수록된 많은 작품들 속에 존재해왔다 하더라도 (부조리의 인식을 넓게 밀고 나가면 실존주의와 연결된다. **실존주의 소설**을 보라) '부조리'란 용어를 최초로, 그리고 본격적으로 문학에 도입하고 유행시킨 사람은 알베르 카뮈(Albert Camus, 1913~1960)이다.

『시지프 신화』를 위시한 일련의 에세이에서 카뮈는 인간이 태어나는 것 자체가 그의 선택에서 기인하지 않은 모순된(즉 부조리한, 불합리한(absurd)) 것이며, 그러므로 존재와 삶 자체도 부조리하다는 인식, 즉 하나의 개인은 이유 없이 낯선 우주에 던져진 존재이며, 우주는 아무런 내재적인 진리나 가치와 의미를 지니지 않고 인간의 삶은 무에서 왔다가 무로 돌아가는 과정일 수밖에 없다는 인식을 중점적으로 강조하여 표현했다. 부조리의 느낌은 어느 장소에서나 어떤 사람에게나 불의의 습격을 가할 수 있으며 그것들의 발생은 네 가지 양태—일상생활의 기계성에 대한 각성, 시간의 파괴력에 대한 인식, 낯선 세계에 있다는 감정, 타자로부터의 단절감—가운데 하나, 혹은 그중 몇몇이 중첩되어 일어난다고 카뮈는 말한다.

그의 작품 『이방인』의 작중인물 뫼르소에 대해 카뮈는 그 인물이 선하지도 악하지도 않고, 도덕적이지도 부도덕적이지도 않으며 단지 '부조리할' 뿐이라고 설명한 바 있다. 세계에 대한 철저한 무관심, 어머니가 죽은 후의 여자 친구와의 정사, 태양으로 인한 아랍인의 살해 등은 삶의 모든 것으로부터 단절되어 있는 한 고독한 개인, 즉 '부조리'한 인간 존재의 형상화이다. '거짓과 자기기만'으로 가득 찬 세계를 폭로하고 어떤 절대적 가치나 윤리도 이 세계에 존재하지 않는다는 것을 입증하고자 했던 인물을 다룬 『칼리굴라』나 서로 모르는 상태에서 돈을 위해 아들이자 오빠인 남자 숙박객을 죽이는 모녀의 이야기를 다룬 『오해』는 모두 뫼르소가 세계를 바라보는 것과 같은 인식선상에서, 즉 인간이 서로 의사 전달을 할 수 없고, 죽음은 불가피하며, 고독의 의식은 인간의 뇌리에서 영원히 사라지지 않고, 해결책 또한 없다는 부조리의 인식 위에서 성립된 작품들이다.

부조리의 인식은 앙드레 말로(André Malraux, 1901~1976), 장 주네(Jean Genet, 1910~1986) 같은 작가들의 작품에서도 드러나며 특히 희곡 장르에 중점적으로 유입되었다.

대체적으로 부조리의 문제를 다룬 희곡들은 전통적 희곡과는 다른 형식, 파괴적 모습을 보여준다는 데 그 특징이 있다. 루마니아 태생으로 파리에서 활동한 극작가인 이오네스코(Eugène Ionesco, 1909~1994)의 『대머리 여가수』, 우리 독자들에게 친숙한 아일랜드 극작가 사뮈엘 베케트(Samuel Beckett, 1906~1989)의 『고도를 기다리며』, 『생일잔치』를 쓴 영국의 해럴드 핀터(Harold Pinter, 1930~2008) 등이 부조리극의 대표 작가로 거론된다.

이들의 작품은 문학에서 전통적으로 존중되어온 사실주의적 배경, 논리적 추리, 일관성 있게 전개되는 플롯을 한결같이 배격한다. 그 대신에 변화가 다양한 심리적 풍경, 환상과 사실이 구분되지 않는 서술, 시간에 대한 자유로운 태도(주관적인 필요에 따라 시간은 확대되기도 하고 축소되기도 한다), 인생 경험의 무질서에 대한 작가의 유일한 방어로서 언어와 구성의 철저한 정확성 등이 그 형식적 요건이다.

소설과 희곡이라는 장르에 관계 없이 부조리 문학이 다루는 주제는 삶과 죽음, 고립과 소외 의식, 의사소통의 문제 등 비교적 좁은 범위에 한정되어 있으며 형식상의 파괴를 보여주는 희곡 작품이라 하더라도 그것이 부조리의 주제를 벗어나 현실 참여적 문제, 사회적 문제들을 다루게 될 때에는 '분노극'으로 분류되기도 한다. '소격효과' 이론과 실험적 사회극으로 널리 알려진 브레히트(Bertolt Brecht, 1898~1956)의 작품은 '분노극'의 대표적 사례이다. 부조리 문학의 진지한 인식론적 무게와 형식에 대한 실험 정신은 후대의 서사물에 광범위하게 영향을 미쳤으며 발생지인 유럽뿐 아니라 영미 문학에도 그 자취가 남아 있다. 솔 벨로(Saul Bellow, 1915~2005), 그레이엄 그린

(Graham Greene, 1904~1991), 샐린저(Jerome David Salinger, 1919~2010) 등이 그 직접적 영향권 안의 작가들이다.

관련 교육과정 목표

[9 국 05-05] 작품에 반영된 사회 문화적 상황을 이해하며 작품을 감상한다.
참고 작품: 김정한 「모래톱 이야기」, 황석영 「탑」, 성석제 「황만근은 이렇게 말했다」

분단소설 | 分斷小說

남북 분단에 대한 역사적 인식을 바탕으로 씌어진 소설이나 혹은 분단의 상황이 잘 드러나 있는 소설. 즉 남북 분단의 원인과 고착화 과정, 그리고 이것이 오늘의 삶에 미치는 영향 등을 종합적으로 다룬 소설을 가리킨다.

분단소설에 대한 비평적 논의는 1980년대 이후 활발하게 이루어졌다. 분단소설론이 성황을 이룬 배경에는 한국사회의 제반 모순과 부조리가 근본적으로는 분단 상황과 맞물려 있으며, 따라서 문학을 포함한 삶의 영역 전반이 여기에서 자유로울 수 없다는 인식이 깔려 있다. 분단 상황은 작가들에게는 벗어버리기 어려운 문화적 과제로 독자들에게는 오늘의 한국적 삶의 정황을 이해하는 데 결정적인 계기로 인식되어왔던 것이다.

1980년대 이전까지는 분단소설이라는 용어 대신에 6 · 25 소설이라는 용어가 일반적으로 사용되어왔는데, 이것은 분단에 대한 체계적이고 과학적인 인식과 접근이 미처 이루어지지 않았으며, 6 · 25라는 외부적인 현상에 시선이 고정되어 있었기 때문이라 할 수 있다. 실제로 6 · 25는 그 이전에 나타났던 분단의 여러 징후들을 수렴, 이후의 분단 상황을 결정하는 데 직접적이고도 결정적인 계기가 되었다. 그러나 6 · 25는 분단 상황이 고착화되는 과정에서 나타나는 비극적 현상일 뿐 이것이 분단의 문제를 두루 포괄하지는 못한다. 즉 분단을 역사적 과제라 본다면 6 · 25는 하나의 부수적 현상으로 볼 수도 있을 것이다.

분단소설은 크게 다음의 두 가지 방향에서 바라볼 수 있다. 분단을 소재로 한 작품이나 혹은 분단 상황이 잘 드러나 있는 소설을 분단소설로 보는 경우와, 분단 상황에 대한 역사적 인식을 가지고 접근하여 그것의 극복을 위해 씌어진 소설을 분단소설로 보는 입장이 그것이다. 전자가 보다 유연하고 포괄적인 방법으로서 '존재하는 것'으로서의 분단소설을 논의하려는 입장이라고 한다면 후자는 '존재해야 하는 것'으로서의 문학의 역할을 강조하는 태도라고 할 수 있다. 특히 후자는, 분단소설이 분단 상황의 극복을 위한 적극적인 역할을 해야만 한다는 명확한 목적성을 띠고 있다.

분단소설은 1945년 해방이 되고, 남북이 분단되면서 오늘날까지 계속해서 씌어져왔다. 그리고 그것은 시대 상황의 변화에 대응하여 내적인 성숙을 이루어왔다. 채만식의 『소년은 자란다』 『역로』에서부터 조정래의 『태백산맥』에 이르기까지, 민족 분단의 상황에 대한 천착에서 분단이 오늘날 우리의 일상에 미치는 영향에 대한 탐구에 이르기까지 분단소설은 다양한 전개 과정을 밟아왔다.

1980년대 이전까지의 분단소설은 주로 6 · 25를 중심으로 접근되었다. 즉 6 · 25가 끼친 상흔과 이의 치유가 분단소설의 주된 흐름이었다. 즉 일제 식민지하에서 8 · 15해방을 거쳐 분단 상황으로 이어지는 역사적 흐름과 분단의 원인과 고착화 과정 등에 대한 소설적인 탐구는 거의 이루어내지 못했다. 80년대에 들어 분단에 대한 이데올로기적인 접근과 분단의 외재적 · 내재적 원인 등에 대한 접근이 시도된다. 따라서 분단 상황의 극복 역시 이전의 심정적이고 정서적인 대응에 의해서가 아니라, 분단의 원인과 실체에 대한 과학적인 접근을 통해 이루어질 수 있다는 인식이 구체적으로 반영된 작품들은 그 이후에야 나타나기 시작했다.

관련 교육과정 목표

[12 문학 01-04] 한국 문학에 반영된 시대 상황을 이해하고 문학과 역사의 상호 영향 관계를 탐구한다.

참고 작품 : 황순원 「너와 나만의 시간」, 이호철 「나상」, 구인환 「숨 쉬는 영정」

비극적 플롯과 희극적 플롯 | tragic plot and comic plot

아리스토텔레스가 설정했던 플롯의 두 가지 근본적 유형. 이후 소설 작품의 본질을 밝히거나 구분하는 중요한 기준으로 사용되어 왔고, 현대의 이론가들에 의해서도 다양하게 재론되고 있다. 비극적 플롯이란 주인공의 운명이 플롯의 최종 단계에서 앞서의 단계에 비해 하강하는 구조를 지칭한다. 죽음과 멸망 등으로 마무리되는 구조다. 희극적 플롯이란 그 반대로 최종 단계에서 상승하는 구조를 지칭한다. 즉 결혼, 성공 등으로 생애가 상승하는 구조를 보여준다. 이것을 도표로 나타내면 다음과 같다.

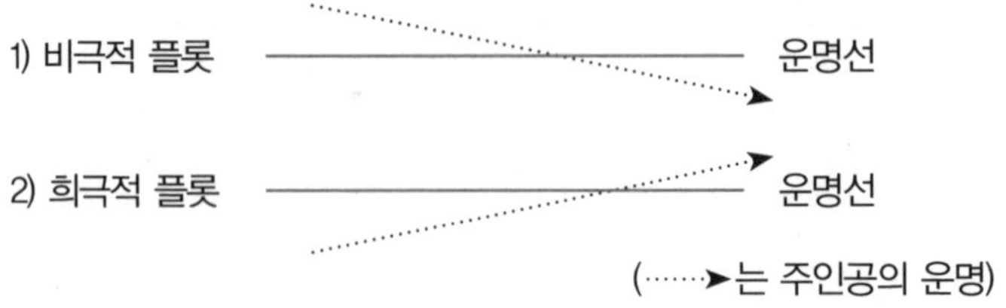

운명의 상승과 하강의 조건으로 제시될 수 있는 기준들은 다양하다. 삶과 죽음, 사랑의 성취와 실패, 심리적으로 느끼는 행복감

과 불행감, 신분과 지위의 상승 및 하락 등 인간의 구체적 삶과 관련된 거의 모든 요소들이 그 준거가 될 수 있다. 왕의 신분에서 광야를 헤매는 미치광이가 되어야 했던 셰익스피어(William Shakespeare, 1564~1616)의 『리어 왕』이나 역시 왕의 신분에서 자신의 두 눈을 스스로 뽑아내고 세상을 방랑하는 떠돌이가 되어야 했던 소포클레스(Sophocles, BC 496~BC 406)의 『오이디푸스 왕』은 전형적인 비극적 플롯 속의 인물이다. 가난한 봉사의 딸에서 왕후가 된 심청이나 사랑하는 애인인 선형과 미국 유학을 떠나는 이형식은 전형적인 희극적 플롯의 인물이다. 『춘향전』이나 『바람과 함께 사라지다』처럼 주인공의 운명이 운명선의 위와 아래를 교차하는 경우에는 '희비극', '비희극' 등의 용어가 사용된다.

아리스토텔레스가 비극을 우월한 장르로, 희극을 열등한 장르로 규정한 것은 널리 알려진 사실이다. 그에 의하면 비극, 즉 비극적 플롯의 작품은 그 주인공이 고귀한 신분일 뿐만 아니라 진지한 고뇌를 지니고 있으며 그 운명의 파멸과 하강 또한 숭고하고 거대한 대상, 이를테면 자신의 운명이나 신과의 투쟁 과정에서 발생하는 것이기 때문에 가치 있고 감동적인 것이다. 반면에 희극은 평균적 인간보다 더 저급하고 못난 인간(운명선의 아랫부분)을 다루고 그런 인간을 통해 인간의 결함과 추악함을 보여주기 때문에 예술적인 가치가 떨어진다는 것이다. 그러나 이것은 예술 혹은 하나의 문학 작품이 '진정한 것'과 '있어야 될 진실'의 모방이라고 간주했던 아리스토텔레스적 문학관 내에서 설득력을 가지는 기준일 뿐 다양한 인물과 다양한 서사 기법이 혼재되어 있는 현대의 소설 작품에는 적용되기 어려운 것으로 보인다. 김동인(金東仁, 1900~1951)의 「감자」에 나타난 복녀의 운명과, 토머스 하디(Thomas Hardy, 1840~1928)가 기록하고 있는 '테스'의 운명을 숭고한 싸움에서의 패배로 인식하거나 「봄봄」「동백꽃」에 희화화된 인물을 다루었다고 해서 김유정의 소설들을 열등한 문학이라고 판단할 수 없다.

일반적으로 이야기 문학 속에서 작중인물들은 우여곡절 끝에 성공하거나 실패하며 행복에 이르거나 불행에 떨어진다. 따라서 서사물에 재현되고 있는 주인물의 상승하는 운명과 하락하는 운명은 인간 삶의 상반하는 두 양상을 대표하는 것이라고 할 수 있다. 그러나 인간 삶의 내력은 그처럼 단순화시킬 수 없는 것이고 소설에 반영되고 있는 작중인물들의 삶의 양상 역시 그러하다. 당연히 플롯을 분별하는 더 많은 유형적 척도와 기준이 요청되고 그러한 요청에 부응하는 연구 역시 지속적으로 이루어져오고 있다. 예컨대 폴 굿맨(Paul Goodman, 1911~1972)은 진지한(serious) 플롯, 희극적(comic) 플롯, 소설적(novelistic) 플롯으로 유형 분류를 하고 있다. 노먼 프리드만(Norman Friedman, 1936~1998)은 무려 14가지로 플롯의 양상을 세분하고 있다. 플롯 유형을 너무 자세히 나누면 소재주의에 떨어질 우려가 있다.

관련 교육과정 목표

[9 국 05-02] 갈등의 진행과 해결 과정을 파악하며 작품을 감상한다.
참고 작품: 김애란 「입동」, 성석제 「처삼촌 묘 벌초하기」, 김동인 「감자」

사건 | 事件 event

소설이, 그 안에서 벌어지는 크고 작은 온갖 일들의 얽힘에 의해 짜여지는 이야기의 구조라는 점은 의심할 여지가 없다. 간략하게 말해 사건이란 이렇게 소설 속에서 발생하고 벌어지는 온갖 일들을 지칭하는 것이다. 사건이란 소설이 가진 자명하면서도 가장 본질적 요소이기 때문에, 전통적인 소설론에서 사건이라는 것 자체에 오히려 별다른 관심을 기울이지 않았다. 왜냐하면 이것이 소설의 요소라기보다는 어느 정도 소설이라는 것 자체와 등가물이라는 생각을 가지고 있었기 때문이다. 그러나 현대의 서사학자들, 특히 구조시학자들은 이 '발생하고 일어나는 일'이라는 표현의 모호함을 극복하고 이것의 엄밀한 의미 규정을 정립해보려고 시도하고 있다.

논자에 따라 조금씩 차이는 있지만 구조시학자들은 대체적으로 사건을 '스토리-라인(story-line)'상에서 변화를 일으키는 요소로 간주한다. 그러므로 이럴 경우의 사건이란 스토리(story)의 구성 요소와 거의 유사한 개념이 된다. 이들에 의하면 소설이란 사건들이 결합하여 소연속(micro-sequence)을 이루고, 그것들이 다시 결합한 대연속(macro-sequence)을 이루어가는 일련의 구조적 집적물이다. S. 채트먼에 의하면 사건에는 대안적 선택의 길을 열어 행동을 전진시키는 **핵사건**(kernel)과, 그 행동을 확대, 확장, 지속 또는 지연시키는 기능을 하는 **주변사건**(satellites)이 있다(바르트는 이것을 촉매(catalyst)라 부른다). 가령 소설 작품 내에서 전화벨이 울린다면 작중인물은 전화를 받거나 받지 않아야 할 행동을 선택하므로 이것은 핵사건이다. 그러나 이 인물이 전화를 받을 때까지 머리를 긁거나, 담배를 피워 물거나 하는 것 등은 핵사건에 동반되며 그것을 보조해주는 기능을 할 뿐이므로 주변사건이 된다.

핵사건의 전개에 중점을 두면 행동소설의 특징을 나타낸다. 주변사건에 중점을 두면 분위기 조성에 크게 기여한다. 오영수의 단편들에서 이러한 예를 볼 수 있다.

 **관련 교육과정 목표**

[9 국 05-02] 갈등의 진행과 해결 과정을 파악하며 작품을 감상한다.
참고 작품: 선우휘 「불꽃」, 전광용 「꺼삐딴 리」

사실주의 | 寫實主義 realism

문예사조적인 측면에서 본다면 사실주의는 프랑스의 발자크(Honoré de Balzac, 1799~1850)나 스탕달(Stendhal, 1783~1842), 영국의 조지 엘리엇(George Eliot, 1819~1880) 등의 소설과 관련하여 19세기 전반에 걸쳐 일어난 문학 운동을 지칭한다. 흔히 낭만주의와 상반되는 사조로서의 사실주의는, 이전의 문학 양식들이 이상화된 현실, 즉 우리가 바라는 현실을 그리는 데 반하여, 있는 그대로의 현실, 즉 우리가 처해 있는 현실을 정확히 모방하려는 태도를 지닌다. 사실주의는 '눈으로 본 것이 그대로 펜으로 내려와 글자가 된다'라는 샹플뢰리(Champfleury, 1821~1889)의 말에도 함축되어 있는 것처럼, 가치중립적인 객관성과 현실에 대한 정확한 모사(模寫), 그리고 무감동성(impassibilité)을 그 기법적인 특징으로 한다. 그러나 초기 단계의 사실주의가 지향하는 이러한 소박한 모사론은, 작가의 엄정한 가치중립적인 관찰이 불가능하다는 점, 다시 말해 작가가 자기 밖에 있는 사물이나 대상들을 그린다는 것은 결국 그것을 자신의 의식적 구도 속으로 끌어들이는 주관적 선택의 과정을 거칠 수밖에 없다는 사실을 간과한 것이었다. 프랑스의 사실주의 이론가인 샹플뢰리의 말처럼, '인간에 의한 자연의 재현은 단순히 기계적인 재현이나 모방(imitation)이 아니라, 언제나 하나의 해석(interprétation)인 것'이다. 프랑스의 초기 사실주의 이론가인 뒤랑티(Louis Edmond Duranty, 1833~1880)에 의해 사실주의의 방법론으로 정식화된 이러한 소박한 모사론은 소설이 사물을 있는 그대로 모방하면서 인간의 삶에 어떤 의미를 부여하려는 이중의 과정, 즉 현실과 상상력의 긴장 관계로부터 나온다는 인식에 이르게 했다.

근대적 서사 양식인 소설의 발달과 더불어 등장한 사실주의는, 진리란 개인에 의해서, 개인의 감각을 통해서만 발견될 수 있다는 관점에 그 기본 토대를 두고 있다. 또한 개개인의 인간 행동을 표현함에 있어 중요하게 다루어진 것은 도덕적 · 규범적인 동기보다 경제적이고 현실적인 동기였다. 사실주의 작가는 소설이 일반 독자의 그것과 다름없는 인생을 반영하고 있다는 것을 보여주기 위해서 매우 세속적인 유형의 인물들을 주인공으로 내세운다. 그러한 주인공들은 대개 이상에 가득 차 있지만 재능이 없고, 어리석지만 사랑스러운 인물들이다. 이처럼 사실주의가 개인의 경험적 현실성을 중시하게 된 데에는 근본적으로 개인주의적인 시민사회의 발달 및 실증주의적 경험철학의 영향이 매우 중요한 역할을 하고 있다.

그러나 문학이 근본적으로 현실을 단순히 모사(模寫)하는 것이 아니라 상상적으로 재구성해낸다는 점과 관련시켜볼 때 사실주의를 이처럼 좁은 문예사조적인 범주 속에 가두어둔다는 것은 그 개념을 지나치게 단순화시켜버리는 결과를 가져올 수도 있다. 더군다나 문학이 사회 역사적인 결정인자들과 맺고 있는 긴밀한 관련성 또한 사실주의의 개념을 보다 확장해야 할 이유를 제공해주는 것이다.

단순히 기법적인 측면에서가 아니라 정신적 지향으로서의 사실주의는 사실상 거의 모든 문학에 적용될 수 있는 보편적 개념이라고 해도 과언이 아니기 때문이다. 실제로 소설은 어떤 특정한 문학적 관점에 들어맞는 경험뿐만 아니라 인간 경험을 이루는 것이라면 무엇이든지 다 그리려고 한다. 그리고 그러한 경험 속에서는—지극히 비사실적이거나 이상화되어 있거나 우의(寓意)적인 경험 속에서조차도—어떤 형태로든 현실에 대한 해석이 담겨 있게 마련이다.

경우에 따라 사실주의에 비판적 사실주의, 환상적 사실주의, 낭만적 사실주의, 변증법적 사실주의 등의 관형어가 붙는 것도 사실주의가 지니는 포괄적인 양상을 분별한 결과이다. 따라서 보다 넓은 의미에서의 소설의 사실주의는 그것이 어떤 종류의 삶을 어떻게 표현하느냐의 문제보다는, 작품을 관류하는 작가의 세계관의 문제와 밀접한 관련을 가지는 것이라고 할 수 있다. 이때 사실주의는 단순한 소재나 기법이 아닌, 바로 작가적 세계관의 영역과 직결되는 것이다.

 **관련 교육과정 목표**

[10 공국 2-05-01] 한국문학사의 흐름을 고려하여 작품을 수용한다.
참고 작품 : 하근찬 「수난 이대」, 김동리 「흥남철수」, 박경리 「불신시대」

삼각관계 | 三角關係

서사물 내에서 벌어지는 인물들 간의 다양한 갈등 관계 유형 중 하나이다. 관습적인 용법에서 이 용어는 연인, 연적 관계에 있는 세 사람의 남녀 간의 갈등을 의미한다. 소설에 나타나는 여타의 갈등은 세 등장인물 사이에 형성되는 것이라 할지라도 삼각관계로 불리지 않는다.

애정 관계에서 발생되는 가장 기본적이고 근원적인 갈등 유형은 한 남자와 한 여자를 중심으로 한다. 신분상의 차이와 주변의 방해, 겹쳐지는 오해와 불의의 사고 등 갖가지 우여곡절을 거쳐 한 쌍의 남녀가 화해로운 결합에 이르게 되거나 반대로 다시는 서로 만나지 못하는 비극적 운명에 빠지게 되는 것은 사랑의 이야기를 다룬 고대 서사물은 물론 현대의 서사물에서도 빈번히 나타나는 전형적인 갈등 구조이다. 이에 비해 삼각관계는 한 쌍의 남녀라는 두 갈등 주체 사이에 다른 하나의 갈등 주체가 개입됨으로써 발생한다. 자연히 이야기의 과정은 한 쌍의 남녀가 결합하느냐 갈라서느냐의 단순성에서 벗어나 입체적 성격을 띠게 되고, 어느 쪽을 선택할 것인가 하는 갈등의 중심에 놓인 인물의 고민, 한 대상을 차지하기 위한 두

인물 사이의 모함과 증오, 결투와 복수 등등의 서사 줄기가 첨가됨으로 해서 플롯은 훨씬 더 생동감과 긴장감을 얻게 된다.

삼각관계가 본격적으로 도입되기 시작한 것은 근대 이후의 일이다. 전통사회의 보편적 규범들이 붕괴되고 가치관의 다변화가 이루어지면서, 다양한 가치들이 서로 충돌하는 현실이 삼각관계라는 갈등 유형을 발생케 했다고 할 수 있다. 삼각관계에서 대립적 가치를 체현하는 인물의 가장 일반적인 양상은 가진 자와 못 가진 자이다. 가진 자는 돈의 위력을 배경으로 우월한 위치를 차지하지만 인간적 결함을 지니며, 겉으로는 점잖은 듯하지만 속으로는 야비하고 탐욕적인 인물이고, 종종 사랑을 위한 경쟁에 끼어들기에는 나이가 너무 많다. 못 가진 자는 현실적으로 열악한 위치에 놓여 있지만 연인으로서는 이상적인 조건을 갖추고 있다. 그는 순수하고 고귀한 정열에 차 있으며 무엇보다도 진실한 사랑의 이상을 대표하고 있는 젊은이이다.

독자들은 젊은 인물 쪽에 성원과 동정을 보내며 그가 목적한 사랑을 성취하기를 고대하지만 작품 내에서의 승리는 가진 자 쪽에 돌아가는 경우가 흔하다. 방황과 번민 끝에 야비한 인물과 결합한 여자의 운명에 독자들은 연민을 느끼지만 그러한 운명을 조용히 수락하는 여자의 현실적 태도 또한 주목할 필요가 있다. 이상적이며 순수한 것은 실패하기 쉽고 현실에 있어서는 위력을 발휘하지 못한다는 냉소적 인식이 거기에는 반영되어 있다. 이수일과 심순애의 이야기로 널리 알려진 조중환(趙重桓, 1863~1947)의 번안소설 『장한몽』은 이런 유형의 작품의 전형적 예이며 채만식의 『탁류』나 투르게네프의 『첫사랑』 같은 본격소설에도 이런 구조는 얼마든지 나타난다. 특히 애정 이야기를 다루는 현대의 통속적 서사물들, TV 드라마나 삼류 영화, 만화에서 취급되는 삼각관계는 대부분 『장한몽』류의 갈등 구조를 그대로 답습하거나 조금씩 변형시킨 것이라 해도 과언이 아니다. 출세 가도를 달리기 위해 재벌의 딸과 결혼하고 옛 애인을 저버리는 남자의 이야기는 성(性)의 배치만을 바꾼 것일 뿐이다.

이런 유형의 작품이 너무도 뻔한 이야기 과정과 상투적 결말을 가지고 있어 점차 통속화되고 플롯에 대한 반성 없이 되풀이되는 현상을 보여주는 반면에, 삼각관계의 구조를 토대로 좀 더 복잡하고 미묘한 가치관의 대립을 제시함으로써 문학적 효과를 획득한 작품들도 적지 않다. 이때에 어느 쪽 인물의 가치관이 정당한 것이며 어느 쪽의 남녀가 결합해야 하는가 하는 문제는 텍스트 내에서 명료하게 드러나지 않을 때가 많고 궁극적으로 독자의 판단에 맡겨진다. 로렌스(David Herbert Lawrence, 1885~1930)의 『채털리 부인의 사랑』, 톨스토이의 『전쟁과 평화』, 마거릿 미첼(Margaret Mitchell, 1900~1949)의 『바람과 함께 사라지다』 등이 그 예에 해당할 것이다. 파스테르나크(Boris Pasternak, 1890~1960)의 『닥터 지바고』에서 라라와 지바고의 아내와의 대립은 이광수의 『무정』에서 선형과 영채의 대립과 거의 동일한 신구 가치관의 갈등이다. 이광수는 계몽주의의 전파를 위해 선형을 선택했지만 영채의 순정이 적절한 보상을 받아야 한다고 생각하는 독자들도 없지 않을 것이다.

거론된 작품들이 보여주는 다양한 문학적 수준에서도 짐작되듯이 삼각관계라는 갈등 구조 그 자체는 그것을 차용한 문학작품의 가치와 별 관련이 없다. 따라서 통속적 서사물에서 자주 활용되어 그 구조 자체가 저급한 것이라고 간주하는 흔한 오해는 불식되어야 마땅하다. 인간이 오래 향유해온 문학의 주제이자 소재인 남녀 간의 사랑이 문학작품 속에 표현되는 한, 그 근본적 유형의 하나인 삼각관계는 어떤 형태로든 변형을 거듭하며 지속할 것으로 보인다.

관련 교육과정 목표

[12 문학 01-01] 문학이 인간과 세계에 대한 이해를 돕고, 삶의 의미를 깨닫게 하며 정서적 · 미적으로 삶을 고양함을 이해한다.

참고 작품 : 이광수 『무정』, 황순원 『나무들 비탈에 서다』

상호 텍스트성 | intertextuality

이 용어는 1966년, 소련의 문학 이론가인 바흐친에 관한 한 논문에서 크리스테바(Julia Kristeva, 1941~)가 처음 사용한 것으로 대화주의와 다성학에 관한 바흐친의 개념을 포함하고 있다. 가장 포괄적인 의미에서 이 용어는 문학적 담론은 어떤 한 작가의 독창성이나 특수성에 귀속되는 것이 아니라 기존의 개별적인 텍스트들 및 일반적인 문학적 규약과 관습들에 의존한다는 점을 뜻한다. 크리스테바는 이 용어를 '모든 텍스트는 인용구들의 모자이크로 구축되며 모든 텍스트는 다른 텍스트들을 받아들이고 변형시키는 것'이라는 의미로 정의한다. 상호 텍스트성의 개념은 상호 주관성(intersubjectivity)의 개념으로 대체되기도 한다. 상호 텍스트성은 일반적으로 텍스트 내의 적극적인 측면과 소극적인 기능을 동시에 함축하고 있다. 소극적인 면에서 그것은 텍스트를 읽을 수 있는 것으로 만드는 규약(code)과 관습들, 즉 텍스트를 이해 가능한 것이 되게 하는 기본적인 조건을 이루는 요소이다. 적극적인 면에서 그것은 텍스트로 하여금 그러한 규약들이나 관습들, 혹은 기존의 문학작품들과 관련해서 어떠한 관점을 취할 수 있도록 하는 요건이다. 따라서 그것은 모방이나 표절, 암시, 패러디, 아이러니, 인용 등의 형태를 취할 수 있다.

그 용어의 소극적이고 가장 일반적인 현상은『S/Z』에서 그 윤곽이 잡힌 '읽을 수 있는 텍스트'에 관한 바르트적 개념의 토대를 이루고 있다. 여기에서 언어는 언어운용자들의 모든 발화 행위의 기본적인 토대를 이루고 있는 중립적인 소쉬르적 체계로서뿐만 아니라 규약들의 상호 매개적인 단계 위에서 조직되는 것으로 나타난다. 소쉬르적 체계는 이데올로기적 혹은 문화적으로 중립적이지만, 사실, 이러한 상호 매개적인 규약들은 깊은 문화적 · 이데올로기적 함축을 지니고 있다. 그것들은 '이미 만들어진 것(déjà-fait)'과 '이미 읽혀진 것(déjà-lu)'을 공유하고 있으며, 따라서 크리스테바가 상호 텍스트성의 중심적 형태라고 여긴 인용구적 상황을 지니고 있다. 비록 그 인용구들이 완전히 익명의 것일지라도 바르트에 의하면 "규약은 곧 인용의 원근법이다." 바르트는 상호 텍스트성을 개념 그 자체로서가 아니라 '읽을 수 있는' 혹은 '쓸 수 있는' 정도에 따라 텍스트들의 가치 평가적인 유형학을 세우려는 시도의 한 부분으로서 관심을 기울인다.

또한 그 적극적인 면에서 상호 텍스트성의 개념은 또 다른 논의의 영역을 지니고 있다. 즉 그것은 소설론이나 시론, 문학사론들과 빈번히 결부되는 것이다. 소설론에서 그 개념은 다성적 소설에 관한 미하일 바흐친의 논의 속에서 가장 잘 드러난다. 바흐친은 소설의 언어를 시의 언어, 그중에서도 특히 서정시의 언어와 근본적으로 구별되는 것으로 생각한다. 그에 따르면 시인은 어떤 일관된 개성적 스타일을 지닌 그 자신의 목소리로 말하는 것으로 여겨지지만, 소설은 모든 다양한 형태의 담론 양식으로 구성되어 있으며, 그

중의 어떤 것도 반드시 작가의 것으로 귀속되는 것은 아니다. 소설은 이러한 다양한 담론 양식들을 표현의 수단으로서뿐만 아니라 대상으로 다룬다는 점에서 적극적인 의미에서의 상호 텍스트적이라고(실제로 바흐친은 이러한 용어를 사용하지 않았지만) 할 수 있다. 소설에서 언어 이미지들이 지닌 필연적인 한계나 특성들은 작가가 그것들과 '대화하는' 방식에 의해, 다시 말해 작가가 그 자신의 가치 평가적인 중심으로부터 그것들과 다양하게 거리를 두는 장치를 통해서 드러난다. 바흐친에 의하면 소설을 하나의 장르로서 특징지어주는 것은 적극적인 상호 텍스트성의 이와 같은 특수한 유형이다.

문학사에서 상호 텍스트성의 역할은 제니(Jenny)에 의해 간략하게 기술된 바 있는데, 문학의 발전에 대한 그의 견해는 러시아 형식주의자들의 그것과 유사한 점이 없지 않다. 즉 그는 문학은 고도로 규약화되고 낡은 문화적 관습들을 상호 텍스트성의 대상으로 사용함으로써 발전해 나간다고 주장하는 것이다. 문화적 위기의 순간에 이러한 과정은 문화가 새롭게 태어날 수 있는 일종의 상호 텍스트적 정화의 단계에 이른다. 적극적인 상호 텍스트성을 통한 이와 같은 형태의 문화적 재생의 대표적인 예는 세르반테스와 프랑스와 라블레, 로트레아몽(Lautréamont, 1846~1870), 제임스 조이스 등에서 확인할 수 있다. 사실 이러한 논의 방식은 독일의 수용미학 이론에서 논의되는 문학사와 유사한 유형의 명백한 발전적 모델로 보인다. 상호 텍스트성은, 비록 그 용어의 사용이 그리 널리 확산되어 있지는 못하더라도 그 근본적인 전제들에 있어 현대의 중요한 문학 이론들과 어깨를 나란히 하고 있으며, 또 다른 다양한 발전과 적용의 가능성을 내포하고 있는 개념이라고 할 수 있다.

문학에서 옛사람들의 문헌을 자주 인용해야 한다는 주장과 새로운 것을 만들어야 한다는 주장은 오래 지속되었다. 이미 고려시대에 용사(用事)와 신의(新意) 논쟁이 있었다. 이인로(李仁老, 1152~1220)는 옛 문헌 인용을 강조한 용사론자였다. 그러나 새로운 글을 써야 한다는 점을 강조한 이규보(李奎報, 1169~1241)는 신의에 편을 드는 경향이 강했다.

관련 교육과정 목표

[9 국 05-07] 연관성이 있는 다른 작품들과의 관계를 파악하며 작품을 감상한다.
참고 작품 : 양귀자 『일용할 양식』, 장강명 「현수동 빵집 삼국지」, 이문열 「금시조」

서사 · 서사물 · 서사문학 | 敍事 narrative

언어학의 영향을 수용하여 텍스트에 대한 과학적이고 객관적인 분석을 시도하는 현대의 문학 연구는 서사, 서사물, 서사문학이라는 용어들에 대한 분명한 선호를 드러낸다. 반면에 산문문학의 장르를 지칭했던 종래의 관용화된 명칭들—소설, 픽션, 로망 등의 용어는 장르의 전통적인 관습(convention)이 상당한 정도로까지 해체된 현대의 자유분방한 문학적 현실에서 그 개념의 엄밀성과 분명한 경계가 더 이상 확보되기 어렵기 때문에 문학 연구 분야에서 점차 관심에서 떨어지고 있는 것처럼 보인다. 그리고 이 같은 사정은 새로운 학문인 서사학(敍事學, narratology)의 발전에 의해 더욱 심화되어가고 있다. 이제 서사, 서사물, 서사문학이라는 용어들은 더 이상 두루뭉수리로 모든 이야기 문학을 싸안던 폭넓고 애매한 용어가 아니고 엄밀한 정의를 가지는 하나의 학문적인 개념이 된 것이다.

서사, 서사물, 서사문학이라는 개념이 확립되기 위해서는 서사라는 말의 의미가 분명하고 엄밀하게 규정되어야 한다. 서사는 일차적인 의미로 '사건의 서술'을 뜻한다. 서사의 형식은 다양하고 그것이 의존하는 매체 역시 그러하다. 즉 서사의 종류는 소설, 서사시,

극, 신화, 전설, 역사 등의 언어적 서사물(기술 서사물이라고도 한다)뿐만 아니라 영화, 연극, 발레, 오페라 등의 비언어적 서사도 아울러 포괄한다. 그러나 이 말의 관례화된 용법은 언어 매체에 의존하는 심미적 서사—곧 문학적 서사에 국한된다. 서사의 필수 불가결한 두 가지 요건은 사건들의 시간적 연쇄인 이야기의 내용과 이야기하는 역할—화자이다. 다시 말하자면 서사는 사건(event)이라는 내용과 기술(記述, narration)하는 행위에 의해 성립한다. 서술이란 전달 내용으로서의 이야기가 발신자(화자)로부터 수신자(독자)로 이전되는 소통의 과정을 가리킨다. 여기에서 설명적 산문이나 사건 기사 따위의 비문학적 서사와 영화, 연극 등 비언어적 서사는 서사 범주에서 제외된다.

서사물은 서사 행위가 결과시킨 일련의 현실 또는 허구적 사건들과 상황들을 시간 연속을 통해 구성해낸 것이라고 규정된다. 그러나 시간 차원과 연결시킨 모든 언어적 표현물이라고 해서 그것을 모두 서사물이라고 할 수는 없다.

① 나는 십 년 전엔 학생이었다. 그런데 지금은 교사이다.
② 왜도적이 들어와 싸움이 쉴 날 없사와 봉홧불이 그칠 날이 없사옵니다. 그리하여 건물이 파괴되고 백성을 노략하므로 친척과 종들이 사방으로 피난하여 유리 걸식하였나이다.

인용한 ①은 임의로 제시한 문장이고 ②는 『금오신화』에서 차용해 온 것이다. ①과 ②는 두 개의 문장이 시간 연속에 의해 제시되고 있다는 점에서는 동일하다. 그러나 ①은 서사물이라 어렵다. 사건의 서술이 아니라 상태의 서술이다. ②는 명실상부한 서사물 인데, 사건의 서술이기 때문이다. 물론 순수한 사건의 진술만으로 이루어지는 서사물은 드물다. 서사물은 예외 없이 비서사적 서술을 포함하게 마련이며 그런 점에서는 서사물의 좀 더 정밀한 규정은 '사건들이 중점적으로 서술된 언어 기술물'이 되어야 마땅하다.

현대 생활의 여러 부분에 깊숙이 침투해 있는 서사물의 종류는 매우 다양하다. 신문 기사, 역사책, 연재 만화, 법정의 기록 등은 그 한 예에 불과할 것이다. 이런 다양한 종류의 서사물들과 '문학'의 범주에 드는 서사물들을 구분하기 위해 구조시학자들은 다시 '허구적 서사물'이라는 개념을 도입하고 있다. 사용하는 이에 따라 조금씩 차이가 있긴 하지만 '허구적 서사물'은 '서사문학'과 거의 동등한 개념으로 쓰인다. 작가의 풍부한 상상력이 작용하여 기존의 사건들을 새롭게 변형시키거나 새로운 사건을 가공해내는 허구의 과정을 거치지 않은 단순히 실제 있었던 일을 '기록'한 비허구적 서사물들은 서사문학의 범주에서 제외된다.

그러나 '허구'와 비허구를 분별하는 것은 그리 간단한 문제가 아니다. 주지하다시피 『잃어버린 시간을 찾아서』는 프루스트라는 한 작가의 과거 경험에 대한 정밀하고도 방대한 기록이며 이광수의 『나/소년편』도 '소설이라는 의식을 떨쳐버리고 쓴' '자신의 과거에 대한 고백'이다. 그러나 그 작품들이 허구서사라는데 이의를 제기할 사람은 거의 없다. 이 문제에 대한 판단은 다분히 관습적이고 개인적인 기준에 의해 좌우된다. 혼란스러운 대로나마 흔히 중요한 기준은 대상이 된 서사 텍스트가 실용적이냐(pragmatic) 아니냐 하는 점과, 수록하고 있는 사건이 '심미적 배열'을 의도하고 있는가 하는 점이다. 신문 기사는 갖가지 정보와 뉴스를 독자들에게 제공하기 위해 씌어지고 법정의 증언은 올바른 판결을 위해 진술되며 정신분석적 용법의 대화는 환자의 치료에 소용된다. 물론 서사문학도 어느 정도 이런 일면을 지니고 있기는 하지만 단순한 실용적 목적과는 구별되는 다른 목적, 언어 예술의 한 종류로서 심미적 효과를 거두려 한다거나 예술작품의 궁극적 목적인 경험의 창조를 의도한다는 점에서 그 본질적 차이가 드러난다. 『잃어버린 시간을 찾아서』는 단순히 한 개인의 경험을 전달하는 실용적 목적이 아닌, 그것을 언어라는 재료를 통해 '심미적으로' 전달하려 한다는 점에서 서사문학의 범주에 속한다고 할 수 있다. 『나/소년편』 역시 그러하다.

이러한 기준에서 '서사문학'의 범주 안에 드는 전통적 장르들로 소설, 희곡, 서사적 시가, 그리고 다양한 설화 및 민담 등을 들 수 있다. 현대의 서사 이론가들은 이 다양한 장르들이 그 안에 내포하고 있고 변함없이 지속시켜온 서사체의 본질과 상호 영향 관계를 일관된 체계 안에서 밝혀보려 하는 야심만만한 시도를 계속하고 있다.

 **관련 교육과정 목표**

[10 공국 1-05-02] 갈래에 따른 형상화 방법의 특성을 고려하며 작품을 수용한다.
참고 작품: 박완서 『나목』, 허균 『홍길동전』

서스펜스와 서프라이즈 | suspense and surprise

서스펜스는 이야기의 전개와 발전 과정에서 불안과 긴장을 유발시키는 플롯의 전략적 국면이나 요소이다. 현대 서사물(특히 영화)에서 주인공들이 겪는 아슬아슬한 위기와 위험을 뜻하는 스릴(thrill)과 유사한 개념으로 쓰인다. 추리소설, 모험소설, 범죄소설의 유형에 속하는 서사물들은 대부분 서스펜스의 효과를 적절히 사용하지만, 이른바 본격소설들에서도 이 기법은 빈번하게 사용된다. 불안과 흥미, 고통과 쾌감, 공포와 전율을 동시에 수반하면서 독자에게 사건 전개의 긴박함과 불확실함을 제시하는 이 서스펜스의 기법은 소설에 있어서의 '재미'의 요소를 담보해내는 플롯의 주요한 전략적 기능이다.

'경이', '놀라움' 등으로 번역되는 서프라이즈는 서스펜스와 함께 동일 서사물 안에서 복합적으로 작용하면서 또한 상호 보완적 기능을 가진다. 그러나 두 용어 사이의 구분은 오래전부터 행해져왔다. 서스펜스와 서프라이즈의 구분은 서스펜스를 중점적으로 설명한 바넷(Sylvan Barnet, 1926~2016), 버만(Morton Berman), 부토(William Burto)의 『문학용어사전』(1960)에 의하자면 다음과 같이 예시되어 있다.

> 서스펜스는 때로, 불안으로 특징지어지는 불확실성이다. 서스펜스는 보통 고통과 쾌감의 기묘한 혼합이다. …(중략)… 가장 탁월한 작품은 서프라이즈보다 서스펜스에 더 많이 의존한다. 서프라이즈에 의해서 작품을 다시 읽게 되는 경우란 드물다. 서프라이즈가 사라지면 흥미도 사라지기 때문이다. 서스펜스는 보통 복선 — 다가올 상황에 대한 암시 — 에 의해 부분적으로 성취된다. …(중략)… 서스펜스는 비극적 아이러니와 관계된다. 비극적 인물은 그의 어두운 운명으로 더 가깝게 접근해 가며, 그가 그 사실에 놀란다고 해도 우리는 그렇지 않다. 사실상 그가 멜로드라마의 주인공처럼 갑작스럽고 예기치 못하게 구원된다면, 우리는 속았다는 느낌을 갖게 될 것이다.

서스펜스는 플롯의 주요한 전략적 기능을 수행하지만, 플롯의 전개에 있어서 필수적인 요건은 아니다. 서스펜스의 원리가 없어도 복선은 훌륭하게 제시될 수 있으며, 서스펜스에 의존하지 않고서도 인물들이 과연 어떻게 반응할 것인가 하는 데서 흥미가 생기는 서사물은 늘 존재한다.

 **관련 교육과정 목표**

[10 공국 1-05-02] 갈래에 따른 형상화 방법의 특성을 고려하며 작품을 수용한다.
참고 작품 : 이문열 『황제를 위하여』, 애드가 앨런 포 『어셔가의 몰락』

서정소설 | 抒情小說 lyrical novel

산문 서사의 작가들이, 서사양식에 서정적 양식의 결합을 꿈꾸어 온 전통은 오래되었다. 이 전통은 물론 두 양식의 대표적 장르인 서정시와 소설의 단순한 기법적 통합을 의미하는 것이 아니라, 어느 작가에게든 내재되어 있는 미적 형상화의 야심 찬 욕구 중의 하나인 초장르적 문학 양식에 대한 열망을 반영한 결과이다. 서정소설이란 말하자면 이러한 열망의 전통 위에서 싹터 나온 대표적인 양식의 하나이다. 그러므로 산문 서사, 특히 소설의 필연적 한계인 허구와 실제와의 괴리를 서정시가 지니는 강력한 이미지 결합을 통해 극복함으로써 두 양식의 통합과 보완을 꿈꾸는 것이 서정소설의 주요한 본질이 된다.

뿐만 아니라 서정소설은 서정시가 지닌 주관성과 비실제적 느낌 따위를 소설이 지니는 극적·서사적 구조로 실감 있게 보여주기도 한다. 그렇기 때문에 서정소설의 작가는 서정시의 공존하는 이미지들 속에 계기적이고 인과적인 서사의 흐름을 투영시키기도 하며, 또한 개성적인 인물의 행위를 시적 페르소나(persona)로 탈개성화하여 보여줌으로써 서정적 효과를 추구하기도 한다. 말하자면 서정소설이란 일종의 '위장된 서정시로서의 소설'(헤세)이며, 자아에 투영된 세계의 인상을 반영하기 위해 시정신의 실험을 산문 속에 도입한 서사적 양식이라고 할 수 있겠다.

그러므로 서정소설은 고정된 양식을 추구하지 않는다. 그것은 때로는 로망스의 모습으로, 때로는 고백, 내적 독백, 의식의 흐름과 같은 서사의 형태로, 그리고 때로는 전통적인 소설의 모습으로도 나타난다. 서정소설은 따라서 기존의 서사 유형이나 현전하는 소설의 전통 속에서 작가가 구성한 서사 유형의 시적인 조작에 의해 그 형식적 특성과 성격이 결정된다. 이러한 까닭에 서정소설의 개념과 범위는 모호하거나 다양할 수밖에 없으며 그만큼 명백한 정의를 어렵게 한다.

서정소설의 주요한 특질 중의 하나는 무엇보다도 인물이나 사건과 같은 서사적 요소를 이미지의 음악적 · 회화적 디자인과 같은 서정적 요소와 결합시킨다는 데에 있다. 즉 서정소설의 작가는 보통 소설 작가들의 인물의 행위나 사건의 전개와 같은 서사적 짜임을 중시하는 관습적인 태도에서 벗어나, 이미지와 모티프들을 적극적으로 활용하여 산문 서사의 허구적 창조성을 강화한다. 그렇게 함으로써 그들이 주도적으로 다루게 되는 것은 결국 서술 대상의 초상(portrait)이다. 초상은 서정소설과 비서정소설을 구별짓는 가장 분명한 특징으로서(프리드만), 서사의 흐름에서 벗어난 시간, 즉 멈추어진 시간 속에서 형성되는 이미지로 이해된다. 이러한 동시적 이미지들을 서사의 이상으로 추구하는 소설이 곧 서정소설이다. 독일 낭만주의 작가들은 소설을 '최상의 시(super-poetry)'라는 포괄적인 장르로 생각한 예로 서정소설 범주에 든다.

서정소설의 개념과 범위의 문제가 더 많은 학문적 엄정성을 요구하고 있는 것과 마찬가지로 어떤 작품이 서정소설의 범주에 속하는가 또한 여전히 논란거리가 되고 있다. 예컨대 카뮈의 『이방인』은 대표적인 부조리 소설이면서 실존주의 소설이지만, 주인공이 세계를 깨닫는 방식(이것은 이 작품에서 인생의 즉물적 묘사로 나타난다) 때문에, 지각소설(the novel of awareness)로서의 서정소설의 범주에 속할 수 있다는 주장도 가능하기 때문이다. 말하자면 서정소설이란 흔히 오해하기 쉽듯이 시적 분위기가 있는 아름다운 미문체의 소설만은 아닌 것이다.

괴테의 『젊은 베르테르의 슬픔』과 같은 18세기의 감상소설에서 볼 수 있는 시적 태도는 행위의 기초를 이루는 감정의 본질을 이해하려는 욕구에 의해 자극받는 것으로 평가된다. 예컨대 노발리스(Novalis, 1772~1801)의 『푸른 꽃』은 주인공이 시인인 '나'로 기능하면서 소설을 총체적 예술작품(Gesamtkunstwerk)이라는 우월한 형태로 파악하려는 독일 낭만주의 작가들의 취향을 반영한 서정소설의 유형에 속한다. 동양적 직관과 시적 상상력을 소설 속에서 결합하려 항상 꿈꾸었던 헤세(Hermann Hesse, 1877~1962)의 작품들 또한 여기에서 누락될 수 없다.

서사의 형식과 플롯까지도 시적 이미저리로 전환시키려는 시도를 보여준 반스(Djuna Barnes, 1892~1982)의 「밤의 숲」, 시인의 비전을 잘 고안된 스토리에 성공적으로 조화시킨 버지니아 울프(Virginia Woolf, 1882~1941)의 『댈러웨이 부인』 등도 영국 서정소설의 대표적인 사례들이다.

시인적 주인공의 각성 행위를 통하여 세계를 변형시키려는 의도를 보이는 앙드레 지드의 소설들도 서정소설의 특징을 보여준다. 예컨대 『지상의 양식』에서의 랭쉐스, 『배덕자』에서의 미셸, 『교황청의 지하실』에서의 라프카디오와 같은 인물이 대표적이다. '나'와 '남'을 대립시킴으로써 동일성을 꿈꾸려는 자아를 탁월하게 극화시킨 앙드레 말로의 『인간의 조건』 등에서도 역시 서정소설의 특색은 강하게 드러난다.

이러한 여러 부류의 소설들이 모두 서정소설일 수 있는 이유를 설명하기란 쉽지가 않다. 서정소설은 어느 특정한 시기나 국가에 한정되어서 흥성한 양식이 아니라, 문학의 본질적인 문제인 시와 소설의 결합이라는 서사적 시도라는 측면에서 이해할 필요가 있다.

 **관련 교육과정 목표**

[10 공국 1-05-01] 문학의 소통 특성을 고려하며 문학 소통에 참여한다.
참고 작품: 김연수 「뉴욕 제과점」 『파도가 바다의 일이라면』, 최은영 『쇼코의 미소』

설화 | 說話 tale

특정 문화 집단이나 민족, 각기 다른 문화권 속에서 구전되는 이야기를 통틀어 일컫는 말이다. 한 문화 집단의 생활, 감정, 풍습, 신념 등이 반영되어 있으며 초자연적이고 신비적인 특징이 두드러지기도 한다. 설화는 기본적으로 구조화된 이야기의 형식을 가지고 있는데 이것은 설화가 근대 서사물, 즉 소설의 모태라는 판단의 유력한 근거가 된다.

설화의 하위 부류를 대체로 신화, 전설, 민담으로 분류하는 것이 통례이다. 학자에 따라서는 설화와 민담을 동일시하거나 민담을 다른 세 개념의 상위 개념으로 두기도 한다. 그러나 설화가 말 그대로 이야기, 즉 입에서 입으로 전해지는 이야기라는 점에서 다른 세 개념을 포괄하는 것으로 이해하는 것이 타당할 듯하다.

설화의 가장 큰 특징은 전승 방식이 구전(口傳)이라는 것이다. 구전이라는 점에서 소설과 다르고, 구조화된 이야기라는 점에서는 소설과 유사하다. 구전이란, 서사의 내용이 구연자로부터 청자에게로 직접 소통되는 방식을 가리킨다. 따라서 구전되는 이야기는 이야기에 대한 문화 집단 내부의 관습을 존중하고 이야기의 골간을 훼손시키지 않는 범위 내에서 이야기의 일부분을 구연자가 재량껏 변형시킬 수 있다. 즉 구연자는 시간과 장소와 상황에 따라 자신의 의도와 말솜씨를 발휘해서 이야기의 세부(細部)나 형태적 요소들을 변형시킬 수 있다. 설화가 가지는 이러한 유동성 때문에 텍스트로서의 설화의 원형을 찾는 일이란 쉽지 않다. 말하자면 소설 텍스트라는 말은 가능해도 설화 텍스트라는 말은 성립할 수 없다. 설화 연구자들은 이런 문제점을 해결하기 위하여 설화를 문자로 정착시키려는 시도를 계속해왔다. 그것이 바로 문헌 설화이며 이는 곧 넓은 의미에서 문학의 범주에 속하게 된다.

설화를 구성하는 하위 유형인 **신화**, **전설**, **민담** 등은 몇 가지 상이한 특성들을 가지고 있다. 신화는 신적 존재 및 그에 준하는 존재들의 활동을 다룬다. 예컨대 그것은 우주의 창생과 종말, 건국 또는 한 종족이나 민족의 시원적 이야기 등을 포함한다. 때문에 대체로 신화는 태고라는 초역사적인 시간 배경을 가지며 그 내용의 둘레에는 항상 신성성이라는 신비한 그림자가 드리워져 있기 마련이다.

전설은 신격(神格)의 존재가 아닌 인간 및 인간의 행위들을 주로 다루며, 초역사적인 시간이 아닌 비교적 구체적인 시간이 제시된다는 점에서 신화와 구별된다. 또한 신화의 신성성이 제거되고 있다는 특징도 지적될 수 있다. 널리 회자되는 전설들은 대체로 '어느 어느 시대에, 어느 어느 누가, 어떻게 해서, 결국 어떻게 되었더라' 하는 플롯 구조에 공통적으로 의존하고 있다. 요컨대 전설에는 사실(fact)을 강조하려는 의도가 짙게 깔려 있는 셈이다.

민담은 신화의 신성성과 초역사성, 전설의 역사성과 사실성이 거세된 흥미 본위의 이야기이다. 흥미와 재미를 위주로 하기 때문에 허구적인 성격이 강하다. 민담의 유형화된 서두인 '옛날 옛날하고도 아주 오랜 옛날, 호랑이가 담배 먹던 시절에……'는 아예 구연자가 이 이야기는 꾸며낸 거짓말(허구)이라고 처음부터 선언하는 수사이며 기법이다. 민담에서 구체적인 시공간은 제시되지 않는다. 그저 '옛날 옛적'이고 '어느 곳'일 뿐이다. 때문에 직접적인 경험의 세계보다는 가공의 세계를 주로 다루면서 사람들이 흥미를 느낄 사건을 만들어내는 일에 치중한다. 민담에서 중요한 것은 이야기 자체를 재미있게 엮는 일이다. 우화, **야담**, 음담 등은 모두가 민담의 특성을 독자적으로 발현시킨 이야기 문학의 부류들이다.

소설이 이러한 이야기 문학들과 깊은 관련을 맺고 있다는 것은 재론의 여지가 없는 사실이다. 양자가 모두 사건의 흥미 있는 담론을 추구한다는 점에서는 그것들은 동일한 이야기의 현상이라고 볼 수도 있다. 설화 중에서도 특별히 민담은, 허구적 성격이 강하고 구조화된 이야기 양식을 추구하기 때문에 소설과 가장 흡사하다는 점이 지적될 수 있겠다. 실제로 민담적 특성을 강하게 풍기거나 민담에서 소재를 차용해온 소설의 사례는 일일이 열거하기 어려울 정도이다.

관련 교육과정 목표

[10 공국 2-05-01] 한국 문학사의 흐름을 고려하여 작품을 수용한다.
참고 작품: 이광수 「가실」, 김동인 「배따라기」, 이청준 『당신들의 천국』

성장소설 | 成長小說 Bildungsroman / formation novel

한 사회나 집단 속에 속한 인물이 그 사회가 자신에게 요구하는 역할과 고유한 가치를 깨닫는 과정은 인간의 성장과 성취의 과정이다. 공자가 나이 서른이 되어서야 이립(而立, 인생에 목표를 세움)하였다고 말한 것은 세계-내적 존재로서 자신의 가치와 할 일을 찾아내는 것이 그만큼 어려운 일임을 입증하는 사례이다. 성장소설은 유년기에서 소년기를 거쳐 성인의 세계로 입문하는 한 인물이 겪는 내면적 갈등과 정신적 성장을 다룬다. 개인이 자신을 둘러싸고 있는 세계에 대한 각성의 과정을 주로 담고 있는 작품들을 성장소설이라 한다. 자연히 이야기의 주된 내용은 지적 · 도덕적 · 정신적으로 미숙한 상태에 있는 어린아이 혹은 소년의 갈등이 중심을 이루며, 그가 자아의 미숙함을 딛고 일어서 자신의 고유한 존재가치와 세계의 의미를 깨닫게 되는 것으로 끝을 맺는다. 이 깨달음의 과정을 문화인류학자나 신화 비평가들은 '통과제의', '통과의례', '성인입문식' 등등의 용어로 표현한다.

한 인물의 생애를 대상으로 한다는 점에서 성장소설은 '자전적 소설'과 유사한 면이 많지만 한 개인적 삶의 느슨한 기록이라기보다는 성인으로 입문하기 전의 시기와 그 시기의 갈등을 중점적으로 다룬다는 점, 그러한 이유로 인해 작가의 개인적 체험과 개인사가 비교적 많이 개입되지 않는다는 점 등이 그 양식의 차이점으로 제시할 수 있다.

성장소설은 특히 독일 문학에 많은 자취가 남아 있다. 독일 비평가들이 사용하는 교양소설(Erziehungsroman)은 거의 유사한 의미의 용어이다. 여타의 문학권에도, 이것이 근본적으로 본질적 인간 삶의 문제를 다루기 때문에, 이 유형에 속하는 적지 않은 작품들이 존재하기 마련이다. 괴테의 『빌헬름 마이스터의 수업시대』, 디킨스(Charles Dickens, 1812~1870)의 『데이비드 코퍼필드』, 헤르만 헤세의 『데미안』과 『크눌프』 등이 흔히 거론되는 작품들이다. 우리 소설로는 이광수의 『나/소년편』과 박태순(朴泰洵, 1942~2019)의 「형성」 등을 예로 들 수 있다.

싱클레어라는 한 소년의 방황과 성장 과정의 정신적 고통을 시적으로 묘사한 『데미안』은 널리 알려진 교양소설이다. 이 작품의 전개 과정과 내용을 추적해보면 교양소설이 지닌 특징과 의미를 쉽게 알 수 있다. 이 작품의 내용은 전체적으로 3단계에 걸쳐 전개된다.

그 첫 번째는 사춘기가 시작될 무렵의 주인공이 자신의 욕망과 죄악에 대해 갑작스럽게 알아차리는 단계이다. 이때 싱클레어는 자신을 둘러싼 우주가 그의 부모님들이나 누나들이 살고 있는 훌륭한 '빛'의 세계와 하층민 사람들의 주변에서 나타나는 사악한, 그러나 미묘한 매력을 지닌 '어둠'의 세계로 나누어져 있다는 것을 알게 된다. 어둠의 세계에 대한 두려움과 내면적 불안으로 방황하는 싱클레어에게 어느 날 그의 소년 시절의 친구이자 전 인생을 통해 안내자가 되는 막스 데미안이 나타나며 그는 선과 악에 대한 인습적 이분법을 초월하고자 하는 자신의 사상을 가르친다. 이 작품에서 몸안에 남자와 여자, 신과 사탄을 함께 가지고 있는 머리가 둘 달린 아프락사스는 이 사상의 상징이다.

두 번째 단계는 어둠의 세계에 매혹된 싱클레어가 점차 그 세계의 희생자가 되어가는 모습이 그려지는 중간 국면이다. 아웃사이더로서의 거친 삶, 성적 쾌락과 일회적 교제를 통해 싱클레어는 어둠의 세계에 깊이 빠져들며 그런 삶에 대한 강렬한 동경을 그의 내면에 잉태시키게 된다.

세 번째 단계는 교양소설이 지닌 일반적 법칙들이 신비로운 결말과 이야기 구조를 지닌다는 점이 그대로 드러난다. 싱클레어가 늙지 않은 어른으로서 데미안을 다시 만났을 때, 데미안의 가르침의 진정한 의미는 길고 험난한 노력을 통해 성취된 자아 초월이었다는 점을 그는 인정하게 된다. 마지막 구원의 입맞춤을 받는 순간에 싱클레어는 구원의 길이라고 여겼던 모든 형상화 비전들이 사실은 자신의 영혼 속에 존재하던 것들이었음을 깨닫게 되는 것이다. 한 개인의 끊임없는 의문과 갈등을 통해 인간은 성장한다. 신에 대한, 존재에 대한, 세계에 대한, 궁극적으로 자신의 삶에 대한 의문과 갈등을 묘사하고 그것을 해결해 나가는 정신적 성장 과정을 다루는 것이 성장소설의 주요한 특징임을 여기서 알 수 있다.

성장소설에 속하는 중요한 유형 중의 하나로 **예술가 소설**(Künstler-roman)이 거론되기도 한다. 하나의 소설가 혹은 예술가가 현실과 자신의 예술적 이상 사이에서 갈등하다가 예술가로서의 자아 인식에 도달하는 성장 과정을 그린 작품들을 지칭한다. 제임스 조이스의 『젊은 예술가의 초상』, 토마스 만의 『토니오 크뢰거』, 앙드레 지드의 『위폐범들』이 이러한 유형의 작품에 속한다.

성장소설은 한 인간의 성장이 그의 환경인 사회에 통합되는 과정으로 보는 '교양의 이념'과 연관된다.

관련 교육과정 목표

[12 문학 01-02] 문학의 여러 갈래들의 특성과 문학의 맥락에 대해 이해한다.
참고 작품 : 이순원 『19세』, 제임스 조이스 『젊은 예술가의 초상』, 헤르만 헤세 『데미안』

스릴 | thrill

서사물이 환기하는 긴장감 넘치는 정서의 일종을 지칭하는 용어이다. 손에 땀을 쥐게 하는 긴박감, 다음 단계의 사건에 대한 강렬한 호기심, 공포가 수반된 짜릿한 쾌감 등이 모두 스릴적 요소들이며 이 효과에 즐겨 기대는 것은 특히 영상 서사물에 두드러진다. 언어 서사물은 근본적으로 추상적인 것이기 때문에 그 효과가 다소 뒤떨어진다고 할 수 있지만 서사의 추이에 관심을 가지고 지루하지 않게 그것을 뒤쫓을 수 있는 원동력의 하나가 된다는 점에서 스릴은 소설에서도 역시 중요한 기능을 수행한다. 즉 한 작품에 대해 독자들이 '스릴감이 넘친다', '스릴을 느낀다'라고 반응하는 것은 시종일관 그 작품에서 전율스러운 재미를 느꼈다는 것을 뜻한다.

언어 서사물인 소설에서 스릴을 유발하는 요소는 다양하다. 일반적으로는 예견되는 위험스러운 상황과 연속되는 위기 국면에 의해 스릴의 효과는 조성된다. 따라서 스릴의 정서는 사건의 충격적인 변화와 발전에 의해 주로 환기된다고 할 수 있다. 물론 스릴의 효과는 사건 자체보다는 사건이 제시되는 과정, 즉 플롯에 의해서 거두어진다. 다시 말하자면 가공스러운 범죄적인 사건이나 숨을 막히게 하는 위기의 국면조차도 그것이 제시되는 방식에 따라 전율스러울 수도 그렇지 않을 수도 있다.

스릴은 이야기의 전개 과정에서 불안과 긴장을 유발하는 요소라는 점에서 서스펜스와 유사하지만, 스릴은 본질적으로 공포를 예견하는 감정 효과라는 점에서 다르다. 본격소설 중에서 이 효과에 주로 의존하고 있는 사례를 찾기는 쉽지 않다. 스릴의 정서를 자극함으로써 독자를 이끌어 들이고자 하는 서술적 전략은 범죄소설이나 추리소설에서 주로 구사된다. 말하자면 이러한 서사물들이 의존하는 것은 '아슬아슬한 플롯'이라고 할 수 있다.

범죄소설이나 추리소설뿐만 아니라 모험소설과 고딕 소설, 유령 이야기 따위의 플롯 역시 전형적인 '아슬아슬한' 스릴화에 의존한다. 괴물이나 마귀할멈이 등장하는 아동용의 서사물들 역시 마찬가지이다. 플롯의 긴박감과 생동감을 위해 스릴의 효과는 서사문학 발전의 초기 단계에서부터 활용되어왔다. 그러나 이 효과를 가장 탁월하게 서사물에 구현한 예는 에드거 앨런 포(Edgar Allan Poe, 1809~1849)에게서 발견된다. 「어셔 가의 몰락」「함정과 추」「검은 고양이」 등은 인간 내면의 가공스러운 마성을 공포스러운 분위기를 통해 드러냄으로써 이야기의 흥미를 가장 긴박하게 만들고 있는 소설의 예들이다. 많은 소설 역시 스릴의 플롯을 가지고 있다.

포의 작품을 통해서 짐작할 수 있는 것처럼 스릴의 정서는 한 편의 소설이 추구하는 심미적 체계를 보조하고 그것을 와해시키지 않는 범위 내에서만 그 온전한 기능을 발휘한다. 그 자체로는 아무리 끔찍하고 공포스러우며 괴기한 사건이나 분위기라 하더라도 그것이 작품 전체의 의미와 부합되고 그 의미를 생동감 있게 전달하는 데 기여하지 않는다면 소설의 가치를 증진하는 데 도움이 되지 않는다. 통속소설에서 흔히 보이는 엽기적 살인의 묘사나 광포한 결투 장면의 묘사 등은 진정한 의미에서의 스릴을 환기하는 요소가 아니라고 보아도 무방하다.

관련 교육과정 목표

[10 공국 1-05-02] 갈래에 따른 형상화 방법의 특성을 고려하며 작품을 수용한다.
참고 작품: 오상원 「유예」

시점 | 視點 point of view

서사문학의 요체는 이야기의 제시이다. 이야기는 누군가가 서술해야 제시가 가능하다. 즉, 이야기 전달자(화자(narrator))가 있어야만 한다. 이 이야기 전달자가 작품 속의 내용을 바라보는 위치가 시점이다. 화자가 텍스트 안에서 텍스트의 내용을 바라보고 있다면 그것은 1인칭 시점이 되고, 화자가 텍스트 밖에서 텍스트의 내용을 바라보고 있다면 그것은 3인칭 시점이 된다. "여러분이 정말 그 말을 듣고 싶다면, 여러분이 정말 무엇보다도 듣고 싶은 이야기는 내가 어디서 태어났으며, 내 비참한 유년 시절이 어떠했으며, 내 부모님들은 나를 낳기 전에 무슨 일을 했는가라는 등……"으로 시작되는 J. D. 샐린저(Jerome David Salinger, 1919~2010)의 『호밀밭의 파수꾼』은 1인칭 시점의 예이다. "스트레더가 호텔에 도착했을 때 제일 먼저 물어본 것은 자기의 친구에 관한 것이었다. 그러나 친구 웨이마시가 저녁 때까지 도착하지 않으리라는 말을 들었을 때 그는 별로 당황하지 않았다……"로 시작되는 헨리 제임스(Henry James, 1843~1916)의 『대사들』은 3인칭 시점의 예이다. 여기서 '바라본다'는 것은 단순히 물리적이고 시각적인 것이 아니라 일정한 대상에 대한 화자의 감각, 인식, 관념 따위를 포괄하는 추상적인 개념이다.

시점의 문제는 기법의 핵심적인 문제이기 때문에 오랫동안 많은 작가와 이론가들의 관심의 대상이 되어왔다. 현대소설의 비약적인 발전은 어떤 각도에서 어떤 방식으로 이야기를 전달하면 좀 더 심미적 효과를 거둘 수 있을까 하는 시점에 대한 고려로부터 비롯되었다고 해도 과언이 아니다. 그러나 시점이 이렇게 중요시되는 것이 흔히 오해되는 것처럼 하나의 작품에 단일한 시점만이 존재해야 한다는 것을 의미하지는 않는다. 하나의 작품은 다양한 시점을 사용할 수 있으며, 우리가 주목해야 할 보다 중요한 문제는 이 시점들이 어떻게 적절히 사용되었고, 전략적 성과를 얼마나 거두고 있는가 하는 점이다.

많은 작가들은 다양한 시점을 개발해왔으며, 전통 시학의 논자들은 이 시점을 논자에 따라 다소의 차이가 있기는 하지만, 대여섯 개 정도로 나누어 고찰해왔다. 즉 1인칭 시점을 ① 주인공 시점, ② 관찰자 시점, ③ 참여자 시점으로, 3인칭 시점을 ④ 전지적 시점, ⑤ 관찰자 시점, ⑥ 제한적 시점으로 나누는 것이 그것이다. ①은 화자가 '나'이면서 주인공이 되는 경우, ②는 화자가 '나'이면서 사건에 대한 단순한 보고자인 경우, ③은 화자가 '나'이지만 주인물은 아닌 경우를 말한다. 총체시점이라고도 하는 ④는 가장 전통적이고 널리 활용된 서사 전달의 방식일 것이다. 화자는 문맥에 직접 드러나지는 않지만, 그는 작품 내용에 대한 모든 것을 알고 있고 마음대로 그 정보를 사용한다. ⑤는 화자의 개입을 최대한 막으면서 극적인 방식으로 서술하는 경우이다. ⑥은 현대에 와서 집중적으로 사용되는 시점인데, 주로 등장인물들의 의식을 중심으로 소설 속의 내용이 서술되는 경우를 말한다(**의식의 흐름**을 보라).

상기한 시점들을 볼 때 작가들은 작가와 화자의 개입이 가능한 한 축소되는 쪽으로 시점의 기교를 발전시켜왔다는 것을 알 수 있다. 그러나 작가나 화자의 개입이 절제된 작품일수록 미학적 완성도가 높은가 하는 문제는 논의를 필요로 한다. 왜냐하면 시점 자체가 문학성을 판가름하는 것이 아니라, 하나의 시점이 그 작품의 미학적 완성을 위한 장치로 작품과 얼마나 잘 부합되는가 하는 점에서 그 가치가 판명되기 때문이다. 현대에 와서 구조시학자들은 전통 시학의 시점 논의 방식을 부정하고, 시점의 문제를 근본적으로 다른 각도에서 제기하고자 한다. 이들은 기존의 논의에서 당연한 사실로 간주해왔던 이야기의 보고자(화자)와 이야기의 관찰자(소설 속의 내용을 바라보는 자, 인식의 주체자)의 일치를 부정하고 있다(**초점화**를 보라).

 **관련 교육과정 목표**

[9 국 05-04] 보는 이나 말하는 이의 특성과 효과를 파악하며 작품을 감상한다.
참고 작품 : 공선옥 『명랑한 밤길』, 손원평 『아몬드』

시퀀스 | sequence

서사의 계기성 혹은 서사 요소들의 연쇄를 지칭하는 용어이다. 따라서 시퀀스는 플롯을 진행시키는 필수적인 단위라고 규정할 수 있다. 서사란 사건들을 제시하고 그것들을 연결시킴으로써 플롯을 완성시켜 나가는 행위이다. 서사물에 있어서 사건적 요소들은 상호 관련적이고 연루적이며 연속적이다. 뿐만 아니라 상호 구속적이고 구성요소들 사이에 수반적인 관계를 가진다. 말하자면 시퀀스는 이들 관계의 접점들에서 발생하는 계기성인 셈이다. 그것은 모티프를 교체시키기도 하고 사건과 행위들을 단락 짓기도 한다. 손쉬운 사례는 이런 경우이다.

> 그 짧은 신혼 기간 동안 나는 행복했으나 아내는 불행했다. 그러던 어느 날 아내는 옛애인을 만나 곧 행복해졌으며 나는 자탄의 세월을 보내게 되었다.

이것은 단순한 플롯의 경우로서 '나의 행복과 아내의 불행'이 '나의 불행과 아내의 행복'으로 교체되는 계기를 잘 보여준다. 소설이란 이러한 시퀀스들의 대연합일 뿐이라는 소설이 바로 '행동과 사건의 연쇄'라는 말과 같은 뜻이다.

하나의 이야기 뒤에 오는 또 다른 이야기의 상호 관련적 국면은 일반적으로 선택의 문제와도 관련된다. 바르트는 이언 플레밍(Ian Fleming, 1908~1964)의 「골드핑거(Goldfinger)」에 관한 논의에서 이렇게 말하고 있다. "전화벨이 울린다. 이제 제임스 본드는 받을 수도 있고 안 받을 수도 있다. 그리하여 그 선택은 두 개의 다른 플롯 궤도 중 하나를 시작하게 된다." 전화를 받게 되면 하나의 시퀀스가 끝나고 새로운 시퀀스가 시작된다는 의미를 이 예문은 잘 보여준다. 따라서 선택이란 곧 교체를 발생시키게 마련이며 궁극적으로 플롯을 형성해가는 기본 원리가 된다.

선택과 교체와 단락 짓기를 그 속성으로 가지는 시퀀스는 일반적으로 서사에서의 인과성을 발생시키는 문제와 관계가 깊다. 예컨대 포스터(Edward Morgan Forster, 1879~1970)의 유명한 예문 '왕이 죽고, 그 후에 왕비가 죽었다'에서조차도 '왕이 죽었고, 그 후(슬픔 때문에) 왕비가 죽었다'라는 인과적 추론이 가능하다. 왕의 죽음과 왕비의 죽음은 각기 이야기의 독립적 구성 단위이면서 선택의 원리에 의해 교체된 시퀀스의 사례이다. 분명히 두 개의 분절은 잇달아 발생했으며 상호 관련적으로 작용한다. 이 상호 관련성이 인과성을 획득하는가 그렇지 못한가에 따라 '플롯'이 되거나, 선조적으로 일어난 단순한 이야기 혹은 순수한 연대기가 되기도 한다.

그러나 시퀀스와 인과성의 결합에 의해서만 플롯이 꾸며지는 것은 아니다. 인과적 연대 고리에 의하지 않는 계기성이 현대소설에서 수많은 예가 나타나기 있기 때문이다. 현대의 다양한 서사적 현상들을 분별하는 데에 더욱 적합한 용어는 일찍이 장 푸이용(Jean Pouillon, 1916~2002)이 『시간과 소설(*Temps et Roman*)』(Paris, 1949)에서 제안한 우발성이다. 따라서 시퀀스와 인과성은 개연적인 관계에 있을 뿐 필연적인 관계로 맺어지지는 않는다(**인과성과 우발성**을 보라).

 **관련 교육과정 목표**

[12 문학 01-06] 문학작품에서는 내용과 형식이 긴밀하게 연관됨을 이해하며 작품을 수용한다.

참고 작품 : 김승옥 「무진기행」, 임철우 「사평역」

실존주의 소설 | 實存主義小說 Existentialism novel

인간과 세계의 근본적인 불확실성과 불합리성에 대한 존재론적 자각을 바탕으로 씌어진 소설. 좁은 의미로 이 용어는 제2차 세계대전 이후 프랑스를 중심으로 발생했던 철학적 성향의 문학들, 특히 사르트르와 카뮈의 문학을 지칭하지만 좀 더 넓고 보편적인 의미에서 인간에게 부여된 어떠한 절대적인 선험적 가치도 거부한 채 유동적이고 유한한 삶 그 자체의 현존을 문제 삼았던 문학들 모두를 지칭한다. 무모하고 광적인 인간 정신과 행동을 그 가장 깊숙한 부분까지 파헤쳐 들어간 도스토옙스키, 삶의 언저리를 맴도는 불투명한 인간상을 끈덕지고 지루하게 묘사한 카프카, 존재한다는 것 자체에 대한 병적인 불안 의식을 드러내 보이는 『말테의 수기』의 릴케(R. M. Rilke, 1875~1926) 행동을 통해 무의미한 삶에 도전하고자 했던 앙드레 말로와 생텍쥐페리(Antoine de Saint-Exupéry, 1900~1944) 등 신으로 표상되는 절대적 가치가 무너진 자리에서 인간이 겪는 불안과 고독, 그리고 그것을 극복하려는 구체적 의지들을 보여준 많은 문학들이 실존주의 소설의 테두리 내에 묶일 수 있다.

개인적 영향 관계에 있어서는 차이가 있다 할지라도 실존주의 소설은 대개 현대 세계의 커다란 정신적 흐름 중 하나인 실존주의 철학의 영향 아래 성장한 것이다. 삶 그 자체를 사유와 행동의 중요한 혹은 절대적 준거로 간주하고자 했던 실존주의적 인식은 키르케고르(Søren Kierkegaard, 1813~1855)와 니체(Friedrich Wilhelm Nietzsche, 1844~1900)를 통해 그 현대적 체계를 확립했다. 이들의 실존주의 철학은 칸트(Immanuel Kant, 1724~1804)와 헤겔(Georg Wilhelm Friedrich Hegel, 1770~1831), 데카르트(René Descartes, 1596~1650) 등에 의해서 확립된 이전의 합리주의적 사유 체계를 거부한다. 인간의 생은 일정한 체계 속에 갇히기에는 너무도 불합리하고 유동적인데도 불구하고 합리주의적 철학은 그 논리적인 체계화와 추상적인 사유 방식을 통해서 인간 실존의 구체적인 모습을 철학으로부터 밀어내버리는 결과를 가져왔다는 점이 이들의 공통된 인식이다. 그러므로 이들의 철학적 태도는 인간의 구체적인 실존에 대한 자각, 즉 실존적 인식으로부터 출발한다.

실존적 인식은 한마디로 인간이 고유한 주체로서 자아의 문제성과 성실성에 대한 자각을 가진다는 것을 일컫는다. 따라서 실존철학은 모두 객관적이고 결정론적인 권위를 부정함으로써 인간의 자유와 주체성을 최고의 가치로 인정한다. 니체에 의하여 제기된 '인간은 어떻게 세계 속에서 신의 도움 없이 살아갈 수 있으며 살아가야만 하는가'라는 물음으로부터 출발하는 그와 같은 인간 중심주의적 사고는 하이데거(Martin Heidegger, 1889~1976)의 '인간 없이는 세계도 없다'라는 말, 혹은 '겉으로 보기엔 무한히 미약한 존재인 인간의 도덕적 힘이 인류의 장래에 유일한 기반이며 실제적인 수단'이라는 카를 야스퍼스(Karl Jaspers, 1883~1969)의 말에서 극명하게 그 의미를 드러낸다. 그러므로 실존주의에 있어 존재의 객관적 요소와 주관적 요소들은 서로 분리될 수 없고, 다만 주관이 세계를 현재의 그것으로 만드는 것이다. 그들에게 가장 중요한 것은 인간의 현존 자체이며, 인간은 단순히 사유의 대상으로서 존재하는 게 아니라 사유의 원천으로 파악되어야 한다.

실존주의는 고통과 불안, 애증 등의 복잡하고 상반된 감정과 본능으로 이루어진 인간의 실질적인 삶의 양식에 주목한다. 사유와 감각 및 행동 간의 괴리를 극복하려는 욕망에 그 철학적 사유의 바탕을 두고 있다. 이는 인간의 합리적 이성보다는 불확실하고 모순에 가득 찬 내면적 현실을 중시하는 태도다. 또한 그것은 환상에 찬 낙관론이나 신에게 자신을 맡겨버림으로써 추상적 세계로 도피하는 것을 거부하고 실존적 삶 속의 최악의 것을 똑바로 직시한 후, 실존의 비극적인 부조리에 도전하려 한다. 그러므로 실존주의는 정교하게 다듬어지고 내적으로 통일된 단일한 사유 체계이기보다는 위급한 상황(실존적 극한상황)에 대처하는 특정한 태도에 더 가깝다고 할 수 있다. 실존주의가 양차 세계대전 기간 중의 사회적 혼란과, 합리주의적 이성이 지배하던 서구 사회에 대한 위기 의식을 직접 몸으로 겪으면서 그 철학적 사유 방식을 정립해 나갔다는 점도 철학의 실천성을 강조한 요인으로 본다.

주지하는 바와 같이 실존주의 철학 혹은 실존주의적 의식은 소설이나 희곡 같은 문학 장르들을 그 주된 표현의 도구로 이용했다. 그것은 실존적 근본 경험들—공포, 전율, 사랑, 시간, 죽음, 불안, 부조리 등이 엄밀한 체계나 지식으로 묶여질 수 없는 삶의 양태들이며 문학 속의 구체적인 표현들을 통해 제시되는 것이 좀 더 분명한 설득력을 얻게 된다는 인식 때문이었다. 사르트르와 카뮈는 그들의 실존주의적 열정과 인식을 문학 속에 탁월하게 접맥시킨 대표적인 작가들이라 할 수 있다. 사르트르의 『구토』는 로캉탱이라는 평범한 한 인물이 어느 날 갑자기 '베일을 벗은 존재들'의 모습을 인식하면서 '무'를 직시하고 '느끼게' 되는 과정을 기록한다.

> 존재는 추상적 범주로서의 외양을 잃었다. 그것은 사물 그 자체로서, 존재 속에 뿌리내린 것이었다. 혹은 뿌리, 공원의 문, 벤치, 잔디밭 위의 빈약한 풀, 그 모든 것이 사라졌다. 사물의 다양성, 개별성은 단지 베니어판 같은 외양에 지나지 않았다. 베니어판이 녹았다. 괴상하고 부드럽고 무질서한 덩어리가 벌거벗은 채 공포를 일으키고 음탕한 벌거벗음으로 남았다.

사르트르의 문학에서 드러나는 사유 체계는, 삶이란 근원적으로 모호한 것이며 인간은 어떠한 본질적 가치도 지니지 않은 완전한 무 속에서 스스로의 행동을 선택해야 한다는 것으로 모아진다. 그에 의하면, 삶의 모든 행위는 실존적 기투(企投, projet)이며 일종의 도박이다. 이러한 자기 창조적인 실존적 기투의 개념은 바로 사르트르의 유명한 명제인 '존재는 본질에 선행한다'라는 인식에 그 철학적 바탕을 두고 있다. 카뮈는 '부조리'라는 용어를 통해, 무의미한 세계에 무의미하게 내던져진 인간 존재의 모습과 그런 인간의 의식을 치밀하게 묘사했다(**부조리 문학**을 보라). 어머니의 죽음 앞에서도 성욕이나 졸음을 느끼며, 자신의 사형 판결을 태연하게 받아들이는 『이방인』의 뫼르소는 이 세계 내의 어떤 존재와도 친화 관계를 형성하지 못하는 실존적 단절감을 체현하고 있는 인물이다.

사르트르와 카뮈의 문학적 변화는 크게 두 부분으로 나눌 수 있다. 그들에게 실존적 극한 체험을 제공했던 제2차 세계대전을 겪으면서 문학의 방향을 잡아간다. 사르트르의 경우는『구토』로 대표되는 개인주의적 실존주의에서 마르크시즘의 사상 체계를 받아들인『실존주의는 휴머니즘이다』와『자유의 길』등으로 대표되는 휴머니즘적 실존주의 혹은 참여문학론을 지향한다. 카뮈의 경우는『이방인』과『시지프 신화』에서『페스트』와『반항적 인간』등의 세계로 나아가게 되는 것이다. 초기의 사르트르가 현상학적인 방법을 사용하여 인간이 절대적 자유, 즉 무(無)와 함께 태어나는 존재임을 보여주고자 했다면, 후기의 휴머니즘적 실존주의는 자유에 따르는 책임 의식을 강조함으로써 초기의 개인주의적 성격에서 벗어나 상황에 대한 연대적 참여를 주장하게 된다. "우리는 자유를 원하면서 그것이 타인의 자유에 완전히 의존한다는 것과 타인의 자유는 우리의 자유에 의존한다는 것을 알게 된다"라는『실존주의는 휴머니즘이다』의 한 구절은 그의 철학적 성향을 상징적으로 함축하고 있다. 카뮈 또한 제2차 세계대전 중의 레지스탕스 운동에 참여한 경험을 바탕으로「이방인」의 주인공 뫼르소가 보여주는 세계의 부조리성에 대한 인식을 보다 적극적인 반항적 인간관으로 밀고 나간다. 이러한 변화는 생에 대한 부정에서 긍정으로, 혹은 개인의 주관적 세계에서 연대 의식으로의 발전, 즉 고독감(solitary)에서 연대감(solidarity)으로의 발전을 의미하는 것이다. 카뮈가 스스로 실존주의자이기를 거부했다는 것은 널리 알려진 일이지만, 삶의 현존 자체를 자신의 인식과 문학의 대상으로 삼았다는 점에서 카뮈 또한 진정한 의미에서의 실존주의 작가라 할 수 있다.

사르트르와 카뮈는 실존주의적 인식을 문학 속에 구현한 대표적인 두 작가이지만, 삶의 근원적인 무의미함과 애매모호성에 주목하고자 하는 실존주의적 인식을 더욱더 훌륭하게 구체적인 작품 속에 형상화한 많은 문학들이 존재해왔다. 스콧(Nathan A. Scott, 1925~2006)은 그의 저서 『현대소설과 종교적 개척*(Modern Literature and Religious Frontier)*』에서 이런 실존주의 문학에 대한 흥미로운 분류를 제시한 바 있다.

① 고독과 소외의 테마를 표현한 '소외된 자의 신화(myth of Isolato)' : 카프카의 「심판」「성」 ② 무의 세계와 현대 세계의 의미의 붕괴를 형상화한 '지옥의 신화(myth of Hell)' : 포크너의 『음향과 분노』, T. S. 엘리엇(T.S.Eliot, 1888~1965)의 『황무지』 ③ 비합리적 자아와 세계에서의 고통스러운 항해를 표현한 '항해의 신화(myth of Voyage)' : 조이스의 『율리시스』, 사르트르의 『이성의 시대』 ④ 화해와 구원의 테마를 묘사한 '성(聖)의 신화(myth of Sanctity)' : T. S. 엘리엇의 『가족 재회』, 그레이엄 그린의 『사건의 종말』 등이 그것인데, 다소 자의적인 면이 없지 않지만 이러한 분류를 통해서 실존주의 사상이 현대문학에 미친 광범위한 영향을 엿볼 수 있다. 뿐만 아니라 실존주의 사상은 이후 베케트와 이오네스코로 대표되는 부조리 연극과 누보로망에까지 그 사상적 원천을 제공하게 된다.

우리나라에서 실존주의에 대한 인식이 일종의 유행처럼 문학작품 속으로 유입되기 시작한 것은 6 · 25전쟁 이후였다. 그것은 전쟁이라는 극한상황의 체험과 가치관의 상실로 이어지는 전후의 황폐한 현실 속에서 실존적 불안 의식으로 고통스러워하고 있던 작가들에게 새로운 지적 출구를 제공해주었다. 오상원(吳尙源, 1930~1985)의 작품들이나 손창섭(孫昌涉, 1922~2010)의 작품들, 혹은 장용학(張龍鶴, 1921~1999)의 「요한 시집」이나 『원형의 전설』 등의 작품들이 이 무렵에 발표된, 실존적 세계 인식의 특성을 보여주는 사례라고 할 수 있다.

관련 교육과정 목표

[12 문학 01-05] 한국 작품과 외국 작품을 비교하여 읽고 한국문학의 보편성과 특수성을 파악한다.

참고 작품 : 손창섭 「비 오는 날」 「잉여인간」, 장용학 「요한시집」, 카뮈 『이방인』

아이러니 | irony

원래는 초기 그리스 희극의 전형적 인물인 에이런(eiron)의 말과 행동 양식에 적용되었던 용어이다. 그의 상대역으로는 또 다른 전형적 인물인 허풍선이 알라존(alazon)이 있는데, 그는 허풍을 떨면서 상대방을 속여 그의 목적을 달성하려고 한다. 패배자로 등장하는 에이런은 약하고 왜소하며 교활하고 약삭빠르다. 그는 그의 힘과 지식을 숨기고 천진함을 가장함으로써 점차 알라존에 대해 승리를 거둔다. 아이러니는 어떤 경우에든 이러한 원래적 의미를 함축하고 있다. 즉 그것은 겉으로 드러난 것과 실제 사실 사이의 괴리라는 뜻을 담고 있는 것이다.

이 용어가 처음 기록된 것은 플라톤의 『국가론』에서였으며, '소크라테스적 아이러니'는 이 책의 대화편에서 소크라테스의 독특한 대화 방식, 즉 무지와 어리석음을 가장한 질문을 던짐으로써 그의 상대방의 주장을 약화시키고 점차 진실의 올가미에 사로잡히게 하는 방식을 가리킨다. 로마 수사학자들(특히 키케로와 퀸틸리아누스)은 ironia를 대부분 언어 자체가 그 의미와 모순되는 수사학적 비유 방식을 가리키는 용어로 사용했다. 이러한 표현의 이중날은 아이러니의 통시적인 특징이다. 아이러니라는 용어는 비록 그 용어가 사고나 느낌, 표현의 양식으로서 상당히 정교해지기 시작했을지라도 그 용어 자체의 사용은 17세기 말이나 18세기 초까지 일반화되지 못하였다. 아이러니의 개념은, 유럽에서 그 표현 양식의 실제적 성과들이 나타나기 시작한 훨씬 뒤에서야 점차 발전되고 정리되었다는 인상을 받게 되는데, 특히 1750년 무렵에는 드라이든(John Dryden, 1631~1700)과 스위프트(Jonathan Swift, 1667~1745), 볼테르(Voltaire, 1694~1778), 포프(Alexander Pope, 1688~1744) 등의 많은 작가들이 이러한 특수한 표현 양식의 사용에 탁월한 민감성을 보여준 바 있다. 이러한 작가들의 수적 증가에 뒤이어 비로소 분석가들과 이론가들이 등장했다. 18세기 초에 독일의 슐레겔 형제(August Wilhelm Schlegel, 1767~1845 & Friedrich Schlegel, 1772~1829)나 루트비히 티크(Ludwig Tieck, 1773~1853), 칼 졸거(Karl Solger, 1780~1819) 등은 희극적 정신의 가장 미묘한 발현 양식인 이 아이러니의 개념을 이해하려는 극히 어려운 작업에 몰두하기 시작했다. 슐레겔은 진지한 것과 희극적인 것 사이를 지탱하는 균형의 아이로니컬한 성질을 지적했으며, 카를 졸거는 진실한 아이러니는 세계의 운명에 대한 사색과 더불어 시작된다는 개념을 끌어들였다. 세계적 아이러니, 우주적 아이러니(cosmic irony), 철학적 아이러니 등으로 불리어지는 개념이 그것이다. 슐레겔은 또한 가장 객관적인 작품이 작가의 본질적인 주관적 속성들—그의 창조력, 그의 지혜, 예술적 폭 등—을 가장 충실하게 드러내는 경우를 지칭하는 낭만적 아이러니라는 용어를 만들어내었다. 그러나 이 용어는 그 후 괴테나 하이네 등과 더불어 낭만적 작가가 의도적으로 자신의 작품 속에 개입하여 작품의 객관성에 대한 환상을 깨뜨리는 태도를 가리키는 용어로 확장되었다.

키르케고르는 아이러니가 사물을 바라보고 존재를 관찰하는 방식이라는 생각을 발전시켰으며, 아이러니는 삶의 부조리에 대한 인식으로부터 나온다는 주장 또한 설득력을 얻었다. 19세기 말 무렵엔 아이러니의 주요한 형태와 방식들 대부분이 탐색되고 어느 정도로 분류 정리되었다. 그러나 아이러니의 개념이 지닌 본질적 모호함은 그에 대한 정의 자체를 거부하는 것처럼 보인다. 어떠한 정의도 아이러니적 본질의 모든 양상을 포괄하지는 못하는 것이다. 그럼에도 불구하고 아이러니적 형태의 대부분이 말과 그 의미, 혹은 행위와 그 결과, 외관과 실제 사이의 불일치나 부조화를 내포하고 있다는 것은 분명하다. 그 모든 경우에 거기에는 부조리와 역설의 요소들이 존재하는 것이다.

아이러니의 기본적인 유형에는 언어의 아이러니와 상황의 아이러니(때로 행위의 아이러니) 두 가지가 있다. 전자는 비유의 일종으로, 말하는 사람이 숨겨놓은 의미가 겉으로 주장되는 의미와 다른 경우에, 그리고 후자는, 이를테면 어떤 사람이 자신도 똑같은 불행한 상황 속에 놓여 있는 것을 눈치채지 못하고 다른 사람의 불행에 대해 떠들썩하게 웃어댈 경우에 발생하는 것이다. 그 외에 극적 아이러니는 비극적 아이러니라고도 불리는 것으로서, 등장인물이 모르고 있는 것을 작가와 관객이 알고 있음으로써 등장인물이 작중의 실제 상황과 맞지 않는 행동을 하거나, 앞으로 다가올 운명과 정반대의 것을 기대할 때, 등장인물의 무지와 관객의 인지 사이의 대립에서 발생하는 것이다. 그 대표적인 예가 『오이디푸스 왕』이다.

우리나라의 경우, 이상이나 김유정 등의 작품에서 뛰어난 문학적 성취에 도달한 바 있는 아이러니적 기법은 1930년대라는 시대가 부여한 표현의 한계와도 일정한 관계를 맺고 있다. 루카치(György, Lukács, 1885~1971)는 아이러니를 근대 시민사회의 태동을 배경으로 소설을 그 이전의 서사 양식과 구별시키는 주요한 양식으로 제안한다. 즉 세계관의 변화, 즉 개인과 세계의 화해로운 관계로부터 불화의 관계에로의 인식의 변화와 관련시켜서 파악한다. 그에 따르면 개인과 세계 사이의 뛰어넘을 수 없는 간극에 대한 인식은 아이러니가 소설이라는 객관적인 형식 그 자체를 이루는 근본적인 요인이 되게 한다는 것이다. 『소설의 이론』에서 그는 다음과 같이 말한다.

> 작가의 아이러니는 신이 없는 시대의 부정적 신화이다. 그것은 의미를 향한 유식한 무지의 태도이며 악마들의 부드럽고 유해한 행위들에 대한 묘사, 그리고 그러한 행위의 단순한 사실 이상의 것을 표현하지 않으려는 것이다. 그러나 그 속에는 알려지지 않고 알 수 없음을 통해 그가 궁극적이며 진실한 실체, 즉 존재하지만 현존하지 않는 신과 부딪치고 그를 훔쳐보고 이해하게 된다는 깊은 확신—단지 형식화에 의해서만 표현될 수 있는—이 들어 있다. 아이러니가 소설의 객관성을 의미하는 것은 이 때문이다.

관련 교육과정 목표

[9 국 05-06] 자신의 경험을 개방적인 발상과 표현으로 형상화한다.

참고 작품: 김유정 「만무방」, 채만식 「치숙」 『태평천하』

알레고리 | allegory

이 용어는 '다르게 말한다'는 그리스의 allegoria라는 말에서 나온 것으로 이중적 의미를 가진 이야기 유형을 지칭한다. 즉 말 그대로의 표면적인 의미와 이면적인 의미를 가지는 이야기의 유형이 그것이다. 그러므로 그것은 두 가지의 수준에서(어떤 경우에는 세 가지 또는 네 가지의 수준에서) 읽히고 이해되며 해석될 수 있는 이야기이다. 이 용어는 우화(fable)나 비유담(farable)과 밀접한 관계를 가지고 있다. 동물 우화들은 동물 세계의 이야기도 되지만, 2차적 의미는 인간 세계를 빗대어 말하는 이중 구조를 가지고 있으므로 알레고리의 한 종류가 된다.

알레고리는 역사 정치적인 것과 관념적인 것으로 나누어볼 수 있다. 역사 정치적 알레고리란 작중인물과 행위가 다시 역사적 인물 또는 사건을 지시하게 되는 것으로 최인훈의 『태풍』이 그 한 예이다. 이 작품의 배경은 '동아시아의 끝에 붙은 아니크, 애로크, 나파유'라는 세 나라로서, 이는 CHINA, KOREA, JAPAN을 거꾸로 읽은 것이다. 또한 주인공 오토메나크(Otomenak)를 거꾸로 읽으면 김(金)씨의 흔한 창씨성이 된다. 작품에서 이러한 거꾸로 읽기는 친일과 반일이라는 문제에 대한 일종의 역사 정치적 알레고리를 이루고 있다. 사상의 알레고리에서 인물은 추상적 개념을 나타내고 플롯은 어떤 교설이나 명제를 전달하려고 하는 분명한 의도 아래서 짜여진다. 밀턴의 『실낙원』 제2권에서 사탄이 자기의 딸인 죄(Sin)와의 근친상간에서 태어난 아들 사망(Death)을 만나는 대목은 인물의 이름을 관념적인 보통명사로 지어 부름으로써 '사상의 알레고리'를 만들어내는 좋은 예가 된다. 이 작품은 또한 지속적 알레고리의 대립개념인 에피소드적 알레고리의 한 예가 되기도 한다.

지속적인 알레고리의 가장 적절한 예는 영어권에서 가장 잘 알려져 있는 존 버니언(John Bunyan, 1628~1688)의 『천로역정』이다. 모든 기독교인들(Christians)을 대표하는 주인공 크리스티안이 파멸의 도시로부터 달아나 그의 순례를 시작하며 그 순례의 과정을 거쳐 마침내 천상의 도시에 도달하게 된다는 이야기를 가진 이 작품은 기독교적 구원의 교리를 알레고리화하고 있다. 일반적으로 알레고리에서 인물들이나 장소들은 작가에 의해 창안된 임의적인 것이다. 이것은 알레고리를 실질적인 존재성을 지니는 상징과 구별케 하는 뚜렷한 특징이다.

알레고리의 기원은 매우 오랜 것이며, 보편적인 인간 정신에게는 매우 자연스러운 표현 양식으로 받아들여진다. 예컨대 많은 신화들이 우주적인 현상과 그 힘을 설명함에 있어 알레고리의 형태를 취하고 있다. 「오르페우스와 에우리디케」는 속죄와 구원의 알레고리의 전형적인 예이며 사실상 대부분의 고전적인 신화는 알레고리적이다. 그 밖에 알레고리적 기법을 구사하고 있는 비교적 현대적인 작품의 예로는 카프카의 『성』과 같은 작품이 있으며, 호영송(扈英頌,

1942~)의 「파하의 안개」, 이문열의 「들소」, 한용환(韓龍煥, 1945~2017)의 「이방에서」 등도 거론될 수 있다.

관련 교육과정 목표

[10 공국 1-05-03] 작품 구성요소의 유기적 관계와 맥락에 유의하여 작품을 수용하고 생산한다.

참고 작품 : 조지 오웰 『동물농장』, 전상국 「우상의 눈물」

액자소설 | 額子小說 Rahmennovelle

소설 구성의 두드러진 방식의 하나. 액자소설은 이야기 속에 하나 또는 여러 개의 비교적 짧은 내부 이야기를 안고 있는 형식을 특징으로 한다. 마치 하나의 이야기 속에 다른 이야기들이 액자 속의 사진처럼 끼워져 있는 것이다. 이러한 소설 형식은 이야기 밖에 또 다른 서술자의 시점을 배치함으로써, 전지적 소설 방식에서 탈피하여 다각적으로 이야기를 전개해갈 수 있는 이점을 안고 있다. 이러한 형식은 소설 양식에서만 발견되는 것은 아니다. 예컨대 민담과 설화를 전달하는 구술자가 신빙성이나 흥미를 유발시키기 위해 이러한 형식을 취하기도 한다. 우리 문학의 경우『삼국유사』에 실려 있는 설화들 대부분이 '傳曰(전해지기를)', '俗曰(항간에서 말하기를)'이라고 하고 있는 것도 이러한 경우에 포함된다. 특히 '조신의 꿈'이나 사찰 연기 설화는 이 액자와 여러 개의 내부 이야기로 구성되어 있다.

액자소설은 특히 소설과 일화를 연결하는 교량적 양식이기도 한데, 연암 박지원(朴趾源, 1737~1805)의『열하일기』안에 있는「관내정사(關內程史)」에 삽입된「호질」, 김승옥의「환상수첩」은 그 대표적인 예가 된다.「호질」은 박지원의『열하일기』에 수록된 작품으로서 작가를 은폐하기 위한 방편으로 요동 지역에서 전해 들은 이야기라는 식의 액자를 고안해놓았다. 이는 곧 당대 사회에서 통용되기 어려운 양반에 대한 신랄한 풍자적 우화를 핵심적인 내부 이야기로 만들어놓고 있으며, 이때의 액자적 장치는 교묘한 트릭에 해당된다. 그리고 김승옥의 「환상수첩」은 정우라는 인물의 습작 수첩을 소개하는 형식으로 구성되고 있는 액자소설이다.

서구의 경우, 프로스페르 메리메(Prosper Mérimée, 1803~1870)의 소설 『카르멘』(1845)이 액자소설의 효시를 이룬다. 그러나 그 이전의 『아라비안 나이트』 『데카메론』 『캔터베리 이야기』 등도 액자소설의 범주에 포함될 수 있다. 일례로 『아라비안나이트』는 세헤라자데가 생명을 연장하기 위해 천 일 동안 왕에게 이야기를 해주는 형식으로 액자 속에 수많은 일화를 담아내고 있다. 이 같은 점은 액자를 사용하는 이야기가 서사문학의 오래된 양식임을 시사하고 있다.

H. 자이들러(Herbert Seidler, 1905~1983)는 액자의 형태를 도입부의 기능을 하는 것, 한 액자 속에 여러 개의 내부 이야기가 있는 것, 한 액자 속에 한 개의 내부 이야기가 있는 것, 서로 혼합된 것 등으로 구분한 바 있다. 또한 그는 액자의 기능은 내부 이야기의 근원을 제시하고 왜 내부 이야기가 진술되는가라는 목적을 설명한다고 한다. 그리고 액자가 내부 이야기와의 거리를 발생시키면서 내부 이야기의 개연성을 증진시킬 때 뛰어난 예술적 효과를 갖는다고 본다.

관련 교육과정 목표

[10 공국 1-05-03] 작품 구성요소의 유기적 관계와 맥락에 유의하여 작품을 수용하고 생산한다.

참고 작품 : 이청준 『선학동 나그네』, 김동리 『무녀도』, 은희경 『새의 선물』

에피소드 | episode

메인 플롯이나 중심적 갈등 구조에서 직접적 연계성을 벗어나 있는 짧은 이야기 혹은 사건을 가리킨다. 피카레스크식 구성 소설에서처럼 사건들이 느슨하게 연결된 긴 이야기에서의 한 부분을 가리키기도 하지만, 전자의 의미가 더 보편적이다. 중심적 이야기와 직접적으로 연결되어 있지 않고, 다소 주변적이거나 엉뚱한 것이기 때문에 서사의 중심 기능을 담당하는 것은 아니며, 아리스토텔레스는 에피소드극을 서사극 중에서 가장 저열한 단계로 취급했다. 그러나 다른 면에서 보자면, 한 작품의 미학적 구조를 풍부하게 해줄 수 있는 다양한 정보의 도입, 플롯이 가지는 긴장감의 완급 조절, 분위기의 전환 등의 면에서 에피소드는 중요한 문학적 의미를 지니고 있다.

한 편의 소설은 메인 플롯을 중심에 두고 크고 작은 에피소드들이 유기적으로 구조화된 결과라 할 수 있다. 성격이 분명한 에피소드는 모티프와 같은 의미로 쓰이기도 한다.

 **관련 교육과정 목표**

[10 공국 1-05-03] 작품 구성요소의 유기적 관계와 맥락에 유의하여 작품을 수용하고 생산한다.

참고 작품 : 이문구 『관촌수필』, 김연수 『뉴욕 제과점』

역사소설 | 歷史小說 historical novel

역사를 재구축하고 그것을 상상적으로 재창조하는 허구적 서사 유형이다. 역사소설에는 역사적인 인물과 함께 허구적인 인물들이 등장한다. 비록 허구로 씌어질지라도 역사소설가는 대개 **핍진성**을 성취할 수 있도록 그가 선택한 시대를 구체적으로 서술하기 위해 각종 자료를 철저하게 조사한다. 그러나 역사소설은 과거 시대의 충실한 재현 그 자체에 목적이 있는 것이 아니라, 과거를 통해 현재의 삶을 비추어 보는 데에 그 진지한 의도가 있으므로 과거의 시대를 오늘의 감각에 맞추어 재현함에 있어 어느 정도의 시대착오(anachronism)는 불가피해진다. 루카치는 역사의 전체적인 흐름에 대한 파악과는 무관한 복고 취미의 장식적인 소설, 개개의 역사적 사실들에 대한 정확한 재현에만 충실한 소설을 가리켜 '사이비 역사주의'라고 말한 바 있다. 플로베르(Gustave Flaubert, 1821~1880)의 『살람보』로 대표되는, 19세기 후반에 일대 유행했던 자연주의적 경향의 역사소설들이 그런 예의 소설들이다.

역사소설의 또 다른 폐단은 역사적 소재를 낭만적으로 통속화된 차원에서 빌려옴으로써 역사적 주인공을 신화적으로 과장하거나,

역사를 지나치게 개별화된 사생활의 영역으로 귀속시키려는 것이다. 1930년대의 김동인의 역사소설, 혹은 유주현(柳周鉉, 1921~1982)이나 박종화(朴鍾和, 1901~1981) 등의 작품들은 역사적 소재를 통속적으로 낭만화시킨 보기들이다. 보다 발전적인 의미에서 역사적 제 흐름의 폭넓은 현재적 형상화에 비교적 성공한 작품들로는 황석영의 『장길산』이나 홍명희(洪命憙, 1888~1968)의 『임꺽정』, 김주영(金周榮, 1939~)의 『객주』 등을 들 수 있다.

관련 교육과정 목표

[9 국 05-05] 작품에 반영된 사회 · 문화적 상황을 이해하며 작품을 감상한다.
참고 작품: 이광수 『단종애사』, 김동인 『대수양』, 조세희 『난장이가 쏘아올린 작은 공』

연대기 소설 | 年代記小說

주인공의 생애 자체가 포괄적으로 드러난 일련의 소설들을 지칭하는 개념. E. 뮤어(Edwin Muir, 1887~1959)는 소설을 플롯에 따라 크게 성격소설, 극적 소설, 연대기 소설로 구분하고 있는데, 이들을 구분하는 결정적인 기준이 되는 것은 소설에서의 시간과 공간이다. 성격소설은 공간을 무대로 주인공의 다양한 성격이 묘사되면서 스토리가 전개되는 소설 형식이다. 극적 소설은 시간을 중심으로 일련의 사건이 집중적이고도 인과적으로 나타나는 소설을 가리킨다. 그리고 연대기 소설은 시간을 중심으로 넓은 공간에 걸쳐 탄생 · 성장 · 죽음이 반복되는 인생의 순환 과정을 보여주는 소설이다. 여기서 시간은 주인공의 일대에 한정된 것이 아니라 여러 세대에 걸쳐 반복적으로 전개되는 순환적 시간이다. 이렇듯 연대기 소설에서는 여러 세대에 걸친 시간의 흐름을 통해 사건들을 집단에 연관지어 제시한다.

연대기 소설에서 사건들 사이의 관계는 인과적이고 유기적으로 조직되고 발전된 것만은 아니다. 사건들은 긴밀하고 논리적으로 제시되기보다는 허술하게 연결된 일련의 에피소드들의 집적물로서 제시된다. 따라서 여기에는 우연성이 많이 나타나게 되는데, 그것이 가장 두드러지게 나타나는 것이 바로 인간의 죽음에 대한 서술에서이다. 극적 소설에서의 주인공들이 '꼭 죽어야 할 때 죽는' 것과는 달리 연대기 소설에서의 인물들은 스토리 전개 과정에서 우연하고도 극적인 죽음을 맞게 된다. 멜빌(Herman Melville, 1819~1891)의 『모비딕』, 에이허브 선장이나 에밀리 브론테(Emily Bronte, 1818~1848)의 『폭풍의 언덕』, 캐서린 언쇼 등이 그들을 위해 마련해놓은 필연적이고도 논리적인 플롯의 단계에서 퇴장한다. 달리, 톨스토이(Leo Tolstoy, 1828~1910)의 『전쟁과 평화』(이 작품을 뮤어는 연대기 소설의 전형적인 작품으로 보고 있다)에서 안드레이 공작은 자신의 미래를 설계하고 어떻게 살아야겠다는 구체적인 결단을 내리는 순간에 우연히 죽게 된다. 여기서 보듯 연대기 소설에서 작중인물의 죽음은 사건의 극적인 계기가 아니라, '탄생과 성장, 죽음 그리고 다시 탄생'한다는 영원한 순환 과정의 한 부분으로 그려진다. 따라서 이야기의 시간은 이야기가 끝난 후에도 계속해서 흐르게 되고, 그 시간의 흐름 속에서 계속해서 나타나는 또 다른 인물과 사건들을 독자들은 만나게 된다. 연대기 소설은 그러므로 인생의 단면이나 전모를 압축되고 극화된 모습으로 보여주는 데는 대개 이르지 못한다. 대신 연대기 소설은 삶의 구도를 장강의 흐름과도 같은 유장한 리듬 속에 포괄적으로 담아낸다는 장점을 가진다.

관련 교육과정 목표

[12 문학 01-01] 문학이 인간과 세계에 대한 이해를 돕고, 삶의 의미를 깨닫게 하며, 정서적 · 미적으로 삶을 고양함을 이해한다.

참고 작품: 이문구 『유자소전』, 박경리 『토지』

6 · 25 소설

민족사의 가장 큰 비극인 6 · 25를 소재로 하여 씌어진 소설로서 주로 6 · 25의 발발과 전개 과정, 그리고 그것이 던져준 충격과 그 극복의 문제를 다룬다.

지금까지 6 · 25 소설은 전쟁소설, 전후소설, 분단소설 등의 다양한 명칭으로 불려왔는데, 이들 용어들에 대한 보다 엄격한 개념과 범주의 설정이 요구된다. 이러한 용어들로 분류되는 작품들은 6 · 25라는 소재와 이런저런 방식으로 연관되어 있으나 6 · 25를 차용하는 작품의 성격 등에서 일정한 차이가 있으므로, 그 차이를 용어상으로도 분명히 할 필요가 있다.

6 · 25는 특히 동족 간의 피비린내 나는 싸움이었으며 동서의 이데올로기가 최초로 맞붙은 대리전이었다는 점에서 보편적인 전쟁소설과는 그 성격을 달리하며, 6 · 25라는 참혹한 전쟁과 전쟁 체험, 그리고 이것의 치유 과정을 중점적으로 다룬다는 점에서 8 · 15 해방에서 남북 분단의 고착화 과정이라는 역사적 맥락에서 6 · 25를 바라보는 분단소설과도 구분된다.

따라서 6 · 25 소설의 개념은 6 · 25라는 전쟁과 그 체험, 그리고 이것이 한국인의 삶에 끼친 영향 등을 폭넓게 다루고 있는 소설로 규정지을 수 있다.

6 · 25 소설과 분단소설의 개념을 이렇게 구분할 수 있다 하더라도 이들의 관계는 복잡하고 다층적이다. 그리고 실제 작품을 통해 이를 유형화하고자 할 때는 더욱 큰 곤혹스러움에 봉착하게 된다. 이것은 민족 해방과 분단을 거쳐 6 · 25로 이어지는 일련의 역사적 흐름 속에서 분단과 6 · 25는 상호 분리되어 설명될 수 없는 성질의 것이기 때문이다.

또한 6 · 25라는 동족상잔의 비극에서 우리가 쉽게 벗어나지 못하고 있으며, 고착화된 분단 상황이 현재의 삶에 미치는 파행과 질곡이 실로 엄청난 것인 때문이기도 하다. 따라서 6 · 25 소설이 분단소설을 포괄한다는 주장과, 6 · 25 소설을 분단소설의 하위 범주로 묶는 견해가 팽팽하게 엇갈려왔다. 전자는 6 · 25가 분단 상황을 더욱 고착화시키는 결정적 계기가 되었고, 이데올로기 문제, 민족 대이동의 문제 등을 동시에 포괄할 수 있다는 주장이며, 후자는 6 · 25는 해방에서 분단 상황으로 이어지는 역사적 과정에서 나타나는 하나의 비극적 현상이며, 그것이 우리 앞에 놓인 산이라면 분단은 그 뒤에 가리워져 있는 거대한 산맥이라고 주장하고 있다. 6 · 25가 분단 상황을 고착화시키는 결정적 계기가 되었고, 분단 시대의 비극을 가장 집약적으로 보여주는 것이라는 점에서 양자 모두 일정한 공통점을 지니고 있다.

1980년대 이후 이들에 대한 논의는, 6 · 25라는 전쟁 체험과 이것이 던져준 상흔의 치유라는 다분히 개인적인 형태를 띤 소설을 6 · 25 소설로 보고, 분단의 고착화 과정이라는 역사적 맥락 속에서

6 · 25를 바라보고 분단 상황을 극복하려는 소설은 **분단소설**로 보고 있다. 일부에서는 분단 상황의 극복이라는 명확한 목적성을 띤 작품만을 분단소설로 보려는 경향도 있다. 다시 말하면 6 · 25 소설에서는 6 · 25라는 사건 자체가 작품의 핵심에 자리하는 반면, 분단소설에서는 이것이 분단의 역사적 상황이 필연적으로 야기시킨 하나의 부수적인 사건으로 다루어진다.

그동안 6 · 25를 다룬 소설은 지속적으로 쓰여왔으며 지금도 계속해서 쓰여지고 있다. 1950년대 이후 한국 소설의 대부분이 직간접으로 6 · 25와 관련되어 있다고 해도 과언이 아닐 정도로, 그것은 한국 소설의 중심적인 제재가 되어왔다. 6 · 25 소설의 양상들을 한두 마디로 요약하기는 어려워 보인다. 그동안 6 · 25 소설은 1950년대, 60년대, 70년대 등 시대에 따라, 6 · 25 참전 세대, 유년기에 전쟁을 체험한 세대, 미체험 세대, 작가의 연령층에 따라 다양한 서사적 특성들을 보여주었다.

1950년대의 6 · 25 소설은 전쟁에 참여했던 젊은이들의 후일담이 주종을 이룬다. 그리고 이 시기에 씌어진 6 · 25 소설에는 전쟁이라는 극한상황을 체험한 작중인물들의 육체적 · 정신적 상흔과 아울러 전후의 불안과 허무 의식이 특징적으로 반영되어 있다. 황순원(黃順元, 1915~2000)의 『나무들 비탈에 서다』에서 나타나는 젊은이들의 불안과 피해 의식, 선우휘의 「불꽃」과 하근찬(河瑾燦, 1931~2007)의 「수난 이대」에서의 인간성 옹호, 장용학의 「요한 시집」의 인간 실존의 문제, 송병수(宋炳洙, 1932~2009)의 「인간신뢰」에서 나타나는 인간에 대한 믿음 등은 이 시기의 6 · 25 소설이 중점적으로 다룬 주제이다.

1960년대의 6 · 25 소설의 특징은 1950년대의 소재주의에서 벗어나 6 · 25에 대한 이데올로기적인 접근을 시도한다는 것이다. 6 · 25가 남과 북의 두 이데올로기가 대립된 전쟁이라는 점을 생각할 때 이데올로기적인 접근은 회피할 수 없는 문제인데, 이러한 접근의 기폭제가 된 것이 최인훈의 『광장』이다. 이명준이라는 한 젊은이를 통해 남의 개인주의와 북의 전체주의를 동시에 비판하고 있는 이 작품은 당시에 엄청난 파장과 충격을 불러일으킨 바 있다.

보다 거시적인 시각에서 6 · 25를 객관적으로 바라보고 그것이 한국인의 삶에 미친 충격과 그 치유를 다루는 일은 1970년대에 이르러 중요한 관심사가 된다. 특히 이 시기의 6 · 25 소설은 유년기에 6 · 25를 체험한 작가들에 의해 주로 씌어졌다는 특징이 있다. 이들은 어린 소년을 주인공으로 설정하여 6 · 25를 객관적으로 바라보고 그것이 현재에 드리우고 있는 상흔과 그 치유의 문제를 다루고 있다. 김원일(金源一, 1942~)의 「어둠의 혼」, 윤흥길의 「장마」, 이동하(李東河, 1942~)의 「굶주린 혼」, 전상국(全商國, 1940~)의 「술래 눈뜨다」 등의 작품은 모두 어린 소년의 '순진한 눈'을 통하여 6 · 25를 바라봄으로써 일정한 거리를 유지하는 동시에 비극의 체험을 조명할 수 있는 객관적 거리를 확보한다.

이렇듯 6 · 25는 최근의 한국 소설의 가장 커다란 제재적 원천이 되어왔으며, 6 · 25 소설은 1950년대 이후로 한국 소설의 흐름을 주도해왔다. 그 결과 초래된 부정적인 현상도 없지 않다. 6 · 25의 체험을 문제 삼고 있는 소설들에 대한 비평적 편애와, 제재적 가치로 도피하려는 안일한 작가적인 성향이 상승적으로 작용한 결과 6 · 25 소설은 지나치게 범람했을 뿐만 아니라 허다한 모조품과 복제품을 양산해낸 것이다. 그런 점에서 1960년대 초에 씌어진 최인훈의 『광장』의 성과를 뛰어넘는 6 · 25 소설이 아직도 생산되지 않았다는 사실은 우리 소설사에 시사하는 바가 크다.

관련 교육과정 목표

[9 국 05-05] 작품에 반영된 사회 · 문화적 상황을 이해하며 작품을 감상한다.
참고 작품: 구인환 「숨 쉬는 영정」, 홍성원 『남과 북』
* 분단소설 – 실제 작품과 교육과정상 목표 사이 괴리(조정래 『태백산맥』)

이니시에이션 소설 | initiation story

자아와 세계에 대해 무지하거나 미성숙기의 주인공이 일련의 경험과 시련을 통해 성숙한 인간으로 변화하는 모습을 그린 소설. 브룩스(Cleanth Brooks, 1906~1994)와 워런(Robert Penn Warren, 1905~1989)이 『소설의 이해』에서 「살인자들」「나는 이유를 알고 싶다」를 분석하는 과정에서 이니시에이션이란 말을 사용하면서 소설의 주제에 따른 유형 분류로 많이 사용되고 있으나, 원래 이 말은 인류학적인 용어로서 '통과제의(the rites of passage)'의 문턱에 들어선다는 뜻이다.

인류학에 따르면, 유년이나 사춘기에서 성인 사회로 진입하기 위해서는 일련의 고통스러운 의식을 치르게 되는데, 이를 통과제의라고 말한다. 이때 주인공에게는 육체적인 시련과 고통, 신체 어느 한 부분의 제거, 금기와 집단적인 신념에 대한 일련의 고통스러운 체험이 부과된다. 이러한 고통의 체험을 통과함으로써 이들은 비로소 성인사회의 구성원으로서의 자격을 부여받으며 그 사회에 재편입하게 된다.

방주네프(Van Gennep, 1873~1957)가 통과제의의 구조를 '분리(separation)-전이(transition)'라 정의한 것은 상당히 시사적이다. 말하자면 주인공은 시련의 과정을 통해 육체적으로뿐만 아니라 정신적으로도 단련되어 성숙해짐으로써 존재적 전이(transformation)를 경험하게 되는 것이다. 결국 자아의 발전과 확장은 필연적으로 자기 해체의 경험을 거치면서 이루어지게 된다. 그러므로 성년식 · 취임식 등의 통과제의 절차를 작품 기층에 깔고 있는 이야기를 '입사식담(initiation story)'이라고 할 수 있고, 이를 기본적 구조로 삼아 이루어진 소설을 이니시에이션 소설이라 부르는 것이다.

이러한 의미에서 입사식담으로 일컬어질 수 있는 작품은 문학사의 시작과 더불어 오늘에 이르기까지 반복적으로 쓰여오고 있다. 일찍이 C. W. 에케르트에 의해 호메로스(Homeros, BC800?~BC 750?)의 『오디세이』는 입사식담의 전형으로 지적되었거니와 포크너의 「곰」이나 실비아 플라스(Sylvia Plath, 1932~1963)의 일련의 전기물들은 이 방면 작품의 현대판이라고 보아도 좋을 것이다. 입사식담은 문학사에서 가장 오래되고 독립된 양식사의 한 갈래로 기능하고 있는 셈이다. 그러므로 흔히 주인공의 탄생과 성장, 그리고 무엇인가를 성취해가는 과정을 다루고 있는 전기문학의 경우는 대체로 이 성취담의 범주에 든다고 할 수 있다.

우리 문학의 경우, 이규보(李奎報, 1169~1241)의 『동명왕편』이나 무가인 「바리데기 공주」 등은 입사식담의 대표적인 예라고 할 수 있겠는데, 이들은 그 결말 구조로 보아 '성취담(success story)'이라 해도 무방하다. 통과제의의 궁극적 목표는 보물, 직위, 신부 등을 찾아내어 소원을 성취하고 뜻을 이루는 데 있기 때문이다. 한편 성취 대상을 찾고 구한다는 의미에서 입사식담은 **'탐색담**(quest story)'이라고도 불릴 수 있을 것이며, 그 주인공 역시 '탐색 영웅(quest hero)'으로 지칭되어도 좋겠다. 고전소설 가운데 '전(傳)'자류 소설은 대개 이 범주에 들어간다.

모데카이 마커스(Mordecai Marcus, 1925~2010)에 의하면, 이니시에이션 소설은 크게 두 가지로 분류된다. 하나는 젊은이가 외부 세계에 대한 무지로부터 생생한 지식을 획득하기까지의 통과 과정을 다른 작품이며, 다른 하나는 자아 발견과 관련된 삶과 사회에의 적응을 다룬 작품이다. 전자는 주인공이 이전에는 미처 알지 못했던—그러나 세상의 다른 사람들에게는 이미 널리 알려진—새로운 사실을 알게 되는 데 반하여, 후자는 악의 발견 또는 자기 이해의 성취와 관련된다는 점에서 다르다. 그럼에도 이들은 새로운 사실이나 악의 발견을 통해 주인공을 성인사회로 유도해간다는 공통점을 갖는다.

그러므로 이니시에이션 소설은 주인공에 미친 외부로부터의 충격과 그 효과에 따라 잠정적 · 미완적 · 결정적인 작품으로 유형화시켜 살펴볼 수 있다. 잠정적인 이니시에이션은 주인공의 성숙과 자아 이해의 문턱에 이르기는 하지만 명확히 넘어서지 못하는 작품으로서 이러한 경험은 세계의 불확실성과 난폭성 등을 다룰 뿐 주인공을 완전한 성숙의 상태로 이끌지는 못한다. 미완적 이니시에이션은 주인공이 성숙과 자아 발견의 문턱을 넘어서기는 하지만 아직은 주인공이 세계의 확실성을 찾는 과정에 놓여 있는 경우이며, 결정적(decisive) 이니시에이션은 주인공이 성숙한 세계의 일원으로 진입하는 것을 말하는데, 이는 일반적으로 자아 발견의 경우에 해당한다.

한편 이니시에이션 소설에서는 흔히 젊은 주인공이 성숙한 세계에 도달하기 위한 상반된 세계가 전제되는데, 신화적인 낙원의 세계와 현실의 세계, 또는 순진과 성숙, 아니면 어둠과 밝음의 세계 등이 그것이다. 그리고 대부분 주인공이 체험하는 현실의 세계는 죽음과 생, 선과 악의 갈등, 미와 추 등이 중심이 된다. 이니시에이션 소설은 그러므로 단순 대립 구조에 머물 가능성을 늘 내포하고 있다.

그런데 문제는 이른바 '모던 히어로'들의 일대기는 이와 같이 단순하고 평면적이며 낭만적이지 않다는 점이다. 낭만주의적 주인공들은 어떤 대상을 성취하는 데 특징이 있고 자연주의 소설의 인물은 그 성취에 실패하는 데 특징이 있었다. 말하자면 전형적인 입사식담에서는 어떤 가부간의 결말이 있었던 것에 반하여 이들의 경우에는 작품은 끝나도 그 결말은 마무리되지 않는다. 여기에 이니시에이션 소설의 현대적 특성이 있다. 그러므로 '모던 히어로'들의 입사식담을 '사회적 역할의 정화'나 '성(性)적 역할의 극화'를 구조 원리로 삼아 살필 수는 없는 일이다. 전혀 다른 극화가 필요한데, 이는 다름 아닌 '의식의 극화' 또는 '인식의 극화(dramatization of realization)'이다. 이러한 현대적 변용을 거쳤을 때 비로소 이니시에이션 소설은 현대문학 본연의 기능을 발휘할 수 있을 것이다. 이런 의미에서 헤밍웨이의 「살인자들」, 윤흥길의 「장마」, 이청준의 「침몰선」, 황순원의 「소나기」 등은 좋은 예가 된다(**성장소설**을 보라).

 **관련 교육과정 목표**

[9 국 05-03] 인간의 성장을 다룬 작품을 읽으며 문학의 가치를 내면화한다.
참고 작품: 김원일 「어둠의 혼」, 김려령 『완득이』, 헤르만 헤세 『데미안』

의식의 흐름 | stream of consciousness

현대소설에서 두드러지게 드러나는 한 서술 기법을 지칭하는 용어이다.

그러나 이것은 단순한 기법이라기보다, 인간에 대한 이해 방식이나 세계관과 같은 문학의 본질적 문제와도 깊은 연관을 맺고 있고, 따라서 20세기의 소설 문학을 이해하는 데 매우 중요한 핵심적 개념이라 할 수 있다.

이 수법을 최초로 개척한 것은 미국 작가 헨리 제임스(Henry James, 1843~1916)인데, 그는 작품 속의 모든 내용이 작중인물들 중 한 사람의 의식을 통하여 독자들에게 전달되도록 작품을 창작했다. 이런 선택된 작중인물을 그는 '초점', '거울', 혹은 **'의식의 중심'** 이라 불렀다. 그의 작품『대사들』의 모든 내용은 스트레더라는 작중인물의 의식을 통과한 것이다.

제임스 이후 영미의 작가들은 제임스의 이런 수법을 '의식의 흐름' 기법으로 발전시켰다. 이 기법이 사용된 소설에서는 작품 속의 모든 내용이 한 인물의 의식에 스칠 때에만, 그의 사상과 감정과 기억과 감각에 부딪힐 때에만 독자들에게 제시된다. 그러므로 자연히 논리적 인과관계가 없는 담화들이 내용 속에 뒤섞이게 되고, 미분화 상태의 인식들이 의식에 떠오르는 대로 기술된다. 문체적 양상은 호흡이 급박하며 최소 단위로 압축된 직접법 문장들로 주로 구성된다. 대상이 없는 서술이라는 점에서는 전통적 소설의 독백과 유사하지만, 인식의 과정을 거치지 않는 비논리적 담화로 구성된다는 점과, 부분적으로 쓰이는 기법이 아닌, 작품 전체를 관류하고 지배하는 기법이라는 점에서 내적 독백과 차이가 있다(**독백**을 보라).

작품 전체가 플롯의 발전이라든가 사건의 진전, 인물의 형상화 같은 소설의 전통적 서술 방식으로 기술되지 않기 때문에, 스토리의 맥락을 따라 이 수법으로 씌어진 소설을 읽는 독자들은 지루하거나 무의미하다고 느끼기가 쉽다.

그럼에도 불구하고 20세기의 소설에 이 수법이 자주 사용되는 이유는 프로이트 이래 현대 사조에 큰 영향을 끼친 인간 의식의 광범위함과 중요성, 그 의식의 무한한 영역을 문학 속에 반영해보고자 하기 때문이다.

또한 이 세계는 한 개인의 주관적 의식하에서만 파악되고 그 모습을 드러낸다는 철학적 사고나 세계관도 이 기법의 바탕에 깔려 있다. 윌리엄 포크너(William Faulkner, 1897~1962)의 『음향과 분노』는 이 기법을 이용한 작품의 대표적인 예이다. 제임스 조이스(James Joyce, 1882~1941)의 『율리시스』, 버지니아 울프(Virginia Woolf, 1882~1941)의 『댈러웨이 부인』, 마르셀 프루스트(Marcel Proust, 1871~1922)의 『잃어버린 시간을 찾아서』 등도 마찬가지이다. 예시되는 작품들의 특성이 암시하듯이 의식의 흐름을 포착하려는 시도와 그러한 시도의 문체적 기법, 즉 의식의 흐름의 기법은 20세기 모더니즘 소설의 특징적인 성격을 이룬다.

관련 교육과정 목표

[12 문학 01-05] 한국 작품과 외국 작품을 비교하며 읽고 한국문학의 보편성과 특수성을 파악한다.

참고 작품 : 이상 「날개」, 김동리 「무녀도」, 조이스 「아라비아 시장」, 보르헤스 「픽션들」

의인소설 | 擬人小說

인간이 아닌 특정한 사물에 정신과 인격을 부여하여 씌어진 소설. 꽃이나 대나무 같은 식물 종류로부터 호랑이, 여우, 거북이 등의 동물이며 지팡이, 종이 등의 자질구레한 물질들에 이르기까지 그 의인의 대상은 실로 무궁무진하며 인간의 구체적 삶과 관련된 모든 사물에 걸쳐져 있다. 특수한 경우에는 인의예지(仁義禮智)와 같은 추상적 관념조차 의인화의 대상이 되었다. 의인소설이 발생하고 발전된 데에는 두 가지 정도의 원인이 있는 것으로 흔히 추정된다. 그 하나는 본질적 요인으로 고대사회에서부터 인간이 지녀왔던 토테미즘과 애니미즘의 영향이다. 동물을 숭배하는 토테미즘과 사물에 영혼을 부여하는 애니미즘은 인간 정신의 원형 중 하나이며 이런 정신적 메커니즘이 이야기 문학의 발생 단계에서부터 꾸준히 개입되었을 가능성이 크다. 단군신화에 등장하는 웅녀의 존재나 「구토지설」 설화 속의 토끼와 거북이는 그 좋은 예라 할 수 있다. 다른 하나는 현실적 요인으로, 문학작품이 지닌 현실 비판적 의식이 당대의 이데올로기나 정치체제, 혹은 기타 다양한 요인에 의해 압박을 받고 그 출구를 찾지 못할 때, 이런 상황을 우회하는 방법으로 동식물이나 무생물이 선택되었다는 점이다. 안국선(安國善, 1878~1926)의 『금수회의록』에서 열변을 토하는 갖가지 동물들은 한 개인이나 집단에 대한 공격적 의도를 현실적 제재를 피해 드러내고자 하는 문학적 장치들이다. "대포와 총의 힘을 빌려서 남의 나라를 위협해야 속국도 만들고 보호국도 만드니 불한당이 칼이나 육혈포를 가지고 남의 집에 들어가셔 재물을 탈취하고 부녀를 겁탈하는 것이나 다를 것이 무엇 있소"라는 『금수회의록』 속 여우의 외침은 바로 일본 제국주의 침략에 대한 규탄임을 어렵잖게 짐작할 수 있다.

역사적인 맥락에서 볼 때, 의인화된 동식물이 등장하는 고대의 서사물들은 구비 전승의 단계를 거쳐 신라시대 설총(薛聰, 미상)의 「화왕계」나 그 뒤를 이은 고려의 가전체 문학에 와서야 의인 서사물로서의 완성된 형태를 드러낸다. 모란이나 장미, 할미꽃 등 꽃들의 대화를 빌려 임금과 신하의 도리를 밝힌 소박한 형태의 「화왕계」는 신라시대의 유일한 의인 작품이었지만 고려시대에는 이런 유형의 작품들이 집중적으로 창작되고 유행하였으며 **가전**(假傳)이라는 산문 장르를 형성해냈다. 가전이라는 명칭은, 이 장르에 속하는 작품들이 특정한 하나의 사물을 역사적 인물처럼 의인화시켜서 그 가계와 생애 및 개인적 성품, 그리고 삶의 공과를 마치 전기에서처럼 그대로 기록하는 형식을 취했기 때문에 '가짜 전기'라는 의미에서 붙여진 것이다. 의인화된 소재와 그런 정신적 바탕을 지니고 있었던 구비 서사문학의 전통 아래에서 가전 문학이 발생했다는 것은 재론할 필요가 없는 사실이지만, 전자가 다양한 사건의 얽힘과 내용 전개 과정을 지녔던 데 반해 후자는 한 사물의 내력, 속성, 가치에 대한 관심이 그 주를 이룬다는 것이 중요한 차이점이다. 그래서 일부의 이론가는 가전 장르를 '서사문학'의 범주보다 관념을 진술하는 문학 형태인 '교술 장르' 혹은 그 중간에 위치하는 장르에 포함시켜야 한다고 주장한다.

> 국순(麴醇)의 자는 자후(子厚)이며 그 조상은 농서 사람이었다. 그의 90대조인 모(牟)는 후직(后稷)을 도와서 백성들을 먹여 살림에 공이 컸다. 모(牟)는 후에 공을 세워 중산후(中山候)에 봉하여지고 식읍(食邑) 일만 호(戶)를 받아 성을 국씨(麴氏)라 하였다.
>
> 순은 사람됨이 넓고 깊으며 기개가 만경파수(萬頃波水)와 같았다. 게다가 맑으면서도 청(淸)하지 않았고, 흔들어도 탁(濁)하지 않았다. 그는 늘 엽법사(葉法師)를 찾아 이야기로 날을 새웠는데 자리에 모인 사람들이 모두 거꾸러지는 것이 예사였다. 드디어 이름이 널리 알려져 국 처사(麴處士)라고 불리었다. 공경(公卿), 대부(大夫), 신선(神仙), 방사(方士)로부터 이협(夷俠)과 외국인들까지 그 향기로운 이름을 마시는 자는 모두 이를 부러워하여 기리었다. 어느 때이건 큰 모임에 순이 참석하지 않으면 모두가 쓸쓸해할 만큼 그는 만인의 사랑을 받았다.

인용된 것은 가전체 작품인 임춘(林椿, 미상)의 「국순전」의 한 대목이다. 위의 짧은 예를 통해서도 일정한 한 대상—여기서는 술—의 내력과 성질, 효능과 세론을 일일이 구체적으로 서술하고 있음을 알 수 있다. 가전체 작품이 이런 특징을 지니게 된 것은 그 창작 계층인 사대부들의 사상적 특질 때문이라는 설명이 보편화되어 있다. 즉 이 시기의 사대부들은 그 전 시대의 귀족 계층과 달리 세계와 인간 생활을 구성하고 있는 실제적인 사물들에 깊은 관심을 가지고 그것들을 합리적으로 이해하려 하였던바, 이런 실천적 노력이 사물 자체를 문제 삼는 '가전'으로 귀결되었다는 것이다. 실재하는 사물의 성질과 효능을 탐색하고 그에 대한 도덕적 평가를 제시한다는 점에서 이 작품들을 '비서사적인' 산문 종류로 규정할 수도 있다. 그러나 이런 속성에도 불구하고 가전은 단순한 사실의 기술이나 관념 전달이 아닌, 그것을 '의인'이라는 형상화 과정을 통해 제시한다는 점에서, 즉 위의 인용에 의하자면 비록 '국순'이 사물의 하나이긴 하나 그 나름의 덕성과 결함을 지니고 있는 인물이며, 개인적 욕망의 성취와 좌절에 희비를 느끼고 인생의 영고성쇠를 겪는다는 점에서 서사문학적 본질을 함축하고 있다고 보아 무방하다. 「국선생전(麴先生傳)」(술), 「정시자전(丁侍者傳)」(지팡이), 「청강사자현부전(淸江使者玄夫傳)」(거북이), 「저생전(楮生傳)」(종이) 등은 이런 가전체 문학의 예로 흔히 거론되는 작품들이다.

조선시대에 이르면 가전적 방법이 쇠퇴하는 대신에 본래적 의미의 의인 서사물, 혹은 본격적 의인소설이 다시 등장하고 발전하였다. 여기에는 성리학적 이념이 정신과 문화를 주도하던 조선사회에서 무용하고 비속한 것으로 치부되던 소설 장르가 현실을 표현하는 방법으로 이 기법을 택했다는 점과 전래되어오던 의인적 구비 서사문학이 훈민정음의 창제 및 보급과 함께 광범위하게 기록되게 되었다는 두 가지 요인이 개입되어 있다. 작품으로는 동물을 의인화한 것으로 「장끼전」「토끼전」「서동지전」「두껍전」, 식물을 의인화한 것으로 「화사」, 인간의 심성과 관념을 의인화한 것으로 「수성지」「천군본기」「남령지」 등이 거론된다. 특히 이들 중에서도 동물을 의인화한 작품이 그 양이나 문학적 가치 면에서 다른 종류에 비해 주목을 받는다. 예로 든 작품에서도 짐작되듯이 이것들은 대부분 근원설화를 지니고 있으며 해학과 풍자를 통해 양반 계급에 대한 비판 의식, 말단 관리들의 무능과 부패를 고발하는 모습을 드러내 보이고 더 나아가서는 현실의 구조적 모순에 대한 각성이나 개인 인권의 신장과 같은 근대적 의식의 징후를 표출한다. 식물이나 관념을 대상으로 한 작품이 주로 양반 계층에서 창작되고 향수되었던 데 비해 이들 작품들은 대부분 한글로 씌어졌으며 평민들을 중심으로 읽혀졌다는 것 또한 특징이다.

개화기 이후 의인소설은 유사한 문학적 기교가 반복되는 데 따른 독자들의 흥미 감소, 광범위한 서사 내용을 포용할 수 없는 구조 자체의 한계성, 그리고 좀 더 크게는 다양한 서사적 장치의 개발 및 현실에 대한 문학적 표현이 자유로워지는 상황의 변화 등의 요인으로 인해 급격히 쇠퇴의 길로 들어서게 된다. 안국선의 『금수회의록』이나 김필수(金弼秀, 1872~1948)의 「경세종」 같은 몇몇 개화기 소설들, 1920년대 이기영(李基永, 1895~1984)의 「쥐 이야기」, 1950년대에 김성한(金聲翰, 1919~2010)이 쓴 「개구리」 등이 그나마 그 명맥을 유지한 작품들이라 할 수 있다(**변신 모티프**, **설화**, **전기소설**을 보라).

관련 교육과정 목표

[9 국 05-04] 보는 이나 말하는 이의 특성과 효과를 파악하며 작품을 감상한다.
참고 작품 : 황정은 「묘씨생」, 김애란 「침묵의 미래」

인과성과 우발성 | causality and contingency

서사물의 사건들은 상호 관련적이고 구속적이며 수반적인 관계에 있다. 전통적인 논의에 따르면 서사물 내에서의 사건들의 계기성은 단순히 선조적(線條的)인 것이 아니라 인과적으로 조직된다.

인과성은 이미 제시된 부분과 제시된 부분 이후 다른 부분으로 '나아가는' 과정에 발생하는 의미 단락의 연속성을 가리킨다. 가령 '왕이 죽고 나서, 왕비가 죽었다'라는 구절에는, 왕이 죽자 '그 슬픔 때문에' 왕비가 죽었다라고 해석할 만한 암시적 의미가 개재된다. 이 경우 독자는 왕비의 죽음이 왕의 죽음 때문에 발생한 결과라고 추측하는 것이다. 그러나 왕의 죽음과 왕비의 죽음 간에 맺어지는 인과적 고리가 이 구절에 명시적으로 표현되어 있는 것은 아니다.

인과성은 드러난 것일 수도 있고, 암시적인 것일 수도 있다. 고전적인 서사물에서 사건들은 선조적인 인과관계로 연결되어 사건의 결과들은 최종적인 결말에 이르기까지 차례로 다른 사건들에 영향을 주게 된다. 두 가지 사건들 사이의 관계가 명백히 보이지 않을 때에도 뒤에 발견될 더 포괄적인 원리를 통해 추론될 수 있는 것이다.

서사적 플롯에서 인과성의 개념은 아리스토텔레스의 이론을 토대로 한 폴 굿맨의 다음과 같은 말로 명쾌하게 요약된다. 그에 따르면 서사물에서 플롯은 "이미 제시된 부분들을 따라서(혹은 그 결과로) 다음 부분들로 나아가"며, 서사적 플롯에서 "처음에는 모든 것이 가능하지만 중간에는 개연적이 되고 끝에는 모든 것이 필연적이 되는 것이다." 처음, 중간, 끝을 가진 전통적인 이야기 구조 속에서 인과성은 사건들을 엮어 나가는 주요한 구성 원리가 되며, 그 인과성에 의해서 일련의 사건들은 하나의 최종적인 해결책에 이르게 되는 것이다.

그러나 현대적 서사물에서는 이야기의 지배적인 구성 원리로서의 인과성에 대한 의존이 점차 약화되어가고 있는 추세이다. 현대적 서사물에서는 더 이상 처음-중간-끝이라는 일직선적인 플롯의 전개를 찾아보기 어려울뿐더러, 사건들 또한 최종적인 해결 국면을 향한 인과적 고리를 취하기보다는, 복잡하게 흩어진, 파편화된 상황들로 제시된다. 현대 서사물에서 플롯의 기본 원리로서 인과성 대신 우발성이 강조되는 것은 현대의 삶이, 인간의 삶을 이끌어가는 보편적이고 일관된 가치 규범이 존재했다고 믿었던 과거에 비해 매우 모호하고 파편화된 양상을 보여주고 있다는 인식과 밀접하게 연관되어 있다.

우발성은 '불확실성'이나 '우연'의 의미가 아니라 더 엄격한 철학적 의미에서 '그 존재, 사건, 인물 들에 있어서 아직은 확실치 않은 그 무엇에 의존하는 것'을 뜻한다. 로브그리예의 경우 그러한 우발성은 누적된 기술적 반복과 플롯의 새로운 조직 원리에 폭넓게 적용되고 있다. 그러므로 현대의 서사물들이 보여주고 있는 우발성의 세계는 파편화된 사건들을 연결시켜주는 인과적 질서를 상실한 세계, 혹은 하나의 사건에 대한 분명하고 규범화된 판단이 불가능해져버린 세계에 대한 서사적 대응의 한 형태라고 할 수 있다.

관련 교육과정 목표

[10 공국 1-05-03] 작품 구성요소의 유기적 관계와 맥락에 유의하며 작품을 수용하고 생산한다.

참고 작품: 박태원 「소설가 구보씨의 일일」, 이인성 『낯선 시간 속으로』

인물과 인물 구성 | character and characterization

캐릭터(character)는 작품에서 행위나 사건을 수행하는 주체, 즉 인물과 그 인물이 지닌 기질과 속성, 즉 성격을 포괄하는 의미를 지닌다. 그것은 작품을 통틀어 불변적일 수도 있으며, 점진적으로 또는 극적 위기의 결과에 따라 근본적으로 변화할 수도 있다. 전통적 사실주의 소설에서는 인물의 성격적 일관성이 요구된다. 즉 인물이 돌변하여 이미 우리가 알고 있는 그의 기질에 바탕한 개연성에 어긋나도록 행동해서는 안 된다.

인물을 평면적 인물(flat character)과 입체적 인물(round character)로 유형화한 것은 E. M. 포스터(Edward Morgan Forster, 1879~1970)이다. 그에 따르면 평면적 인물은 이야기의 전개 과정에서 그 성격이 변하지 않은 채로 남아 있으며, '하나의 단일한 관념이나 특성'을 중심으로 구성됨으로써 단 하나의 문장으로도 충분히 만족스럽게 묘사될 수 있는 단순한 성격의 인물이다. 이에 비해 입체적 인물은 그 성격이 변화 발전하며, 기질과 동기가 복잡하여 작가는 미묘한 특수성을 지닌 묘사를 하게 된다.

그러나 포스터의 이러한 이분법이 모든 인물들에 무리 없이 적용되는 것은 아니다. 예를 들어 『율리시스』의 레오폴드 블룸은 복잡한 인물이긴 하지만 변화하지 않으며, 제인 오스틴(Jane Austen, 1775~1817)의 『에마』에서 나오는 미스 베이츠는 단순한 인물이지만 변화한다.

인물이 어느 정도로 입체적일 필요가 있느냐 하는 문제는 플롯 속에서 그들이 어떤 기능을 담당하고 있는가에 따라 달라진다. 일반적으로 주변인물들(minor character)은 평면적이고 정적인 성격 유형을 갖는 반면, 주인물(main character)은 역동적이고 변화하는 성격을 가진다. 따라서 입체적 인물은 대개 주인공으로 등장하는 경우가 많지만 반드시 그런 것만도 아니며, 탐정소설, 모험담과 같은 경우에는 주인공까지도 평면적 인물이기 쉽다.

인물을 분류하는 또 다른 준거로서 전형적 인물(stock character)과 개성적 인물을 들 수 있다. 전형적 인물은 미리 규정된 범주의 속성들을 가지고 있는 인물들로서, 한 사회의 집단적 성격을 대표하며 성격의 공시적 보편성을 내포한다.

반면 개성적 인물은 사회의 집단적 성격과 대립하는, 혹은 적어도 그와 변별되는 예외적 기질을 갖춘 인물이다. 19세기에 와서 플로베르나 도스토옙스키 등에 의해 풍부한 개성적 인물들이 강조되었고, 이러한 전통은 제임스 조이스나 프루스트, 버지니아 울프 등의 작품에서 개성과 내면 의식에의 정밀한 탐험과 더불어 그 절정에 달했다.

발자크의 고리오 영감이나 채만식의 『태평천하』에 나오는 윤 직원 영감, 염상섭의 『삼대』의 조 의관 등이 전형적 유형에 속하는 인물들이라면, 『폭풍의 언덕』의 히스클리프, 『카라마조프 가의 형제들』의 드미트리, 최인훈의 『광장』의 주인공 이명준 등은 개성적 성격을 대표하는 인물들이다.

인물 구성 또는 성격화는 인물 설정, 혹은 인물 부각 방식을 의미하는 용어로서, 크게 말하기(telling)의 방식과 보여주기(showing)의 방식으로 구체화된다. 전자에서는 작가 자신이 등장인물의 행위나 심리적 동기, 혹은 그의 기질적 특성을 묘사하고 평가하기 위해 자주 작품 속으로, 또 인물의 내부로 개입한다. 그러나 후자의 경우 작가는 등장인물이 말하고 행동하는 것을 차분한 관찰에 의해 제시하기만 할 뿐, 그들의 내면에 개입하거나 그들을 주관적으로 평가하지 않는다. 따라서 인물의 대화와 행동의 배경에 어떤 동기와 기질이 숨어 있는가를 추측하는 것은 독자의 몫이 된다.

일반적으로 전통적인 소설에서는 말하기가 인물 부각의 지배적인 방식이었다. 즉 소설에서는 등장인물의 성격이 집단적 특성의 결합이라고 여겨졌던 소설 발달 과정의 초기에는 인간의 성격을 일반화하거나 유형별로 분류하는 방식이 중시되었고, 그에 따라 직접 제시의 완결성과 명징성이 선호되었다. 그러나 독자의 능동적 역할 증대와 함께, 오늘날에는 폐쇄적이고 확정적인 말하기의 방식보다는 행동이나 대화, 환경 등의 객관화된 극적 장치들을 통한 개방적이고 암시적인 보여주기의 인물 부각 방식이 보다 고급한 기법으로 간주되는 경향이 있다. 특히 플로베르와 헨리 제임스의 이론과 그들의 작품 이후로 직접 제시의 방식을 작품의 예술적 완성도를 해치는 기법으로 여기는 것이 일반화된 생각이다. 그러나 작품의 미적 완성도를 위해 직접 제시에 의한 인물 부각 방식만을 사용해야 한다는 주장에 대해서 웨인 부스(Wayne C. Booth, 1921~2005) 같은 이론가는 두 가지 방식을 필요에 따라 섞어 쓸 자유는 당연히 작가의 몫이라고 반박한다.

관련 교육과정 목표

[10 공국 1-05-02] 갈래에 따른 형상화 방법의 특성을 고려하며 작품을 수용한다.
참고 작품 : 이문구 『우리 동네』, 김승옥 「서울, 1964년 겨울」, 김중혁 「엇박자 D」

자연주의 소설 | 自然主義 小說

19세기 말 프랑스를 중심으로 발생하여 현대문학에까지 광범위한 맥을 이어오고 있는 소설 장르를 말한다. 문학사에 기록될 만한 가치 있는 작품으로부터 천박한 센세이셔널리즘에 경도된 폭로물에 이르기까지 그 성격은 참으로 다양하다. 일반적으로 이 부류로 분류되는 작품들은 자연주의가 지녔던 정신적 · 철학적 명제들을 그 바탕으로 한다. 즉 인간은 전적으로 자연 질서의 일부이며, 영혼을 가지고 있지 않으며, 자연을 초월한 종교적이고 영적인 어떤 세계와도 관계를 맺고 있지 않다는 인식에 기대어 논의해간다. 아울러 그런 세계관의 제시에 필요한 특정한 기법과 서술상의 태도를 견지하고 있다.

자연주의 소설이 형성된 배경으로는 세 가지 사실이 흔히 거론된다. 첫째, 19세기 리얼리즘 소설의 전통. 발자크, 스탕달, 플로베르, 디킨스, 조지 엘리엇 등의 위대한 작품이 지녔던 현실 묘사의 정신은 자연주의 소설에 와서 더욱 구체화되고 심화되었다. 둘째, 모든 생물의 발생과 변화를 과학적 체계 안에서 설명하려고 한 다윈(Charles Robert Darwin, 1809~1882)의 진화론. 인간은 원숭이로부터 유래하였으며, 동물과 마찬가지로 식욕과 성욕의 지배를 받고, 자연의 일부에 불과하다는 인식은, 인간을 과학적으로 분석하고 객관적으로 해부하고자 하는 자연주의적 성찰의 근간을 이루었다. 셋째, 콩트(Auguste Comte, 1798~1857)를 비롯한 실증주의 철학자들의 결정론적 인간관, 즉 인간은 자신의 의식과 행동이 통제할 수 없는 외부적 조건들에 의해 결정되어 있다는 생각은 인간을 환경의 피조물로서 제시하려는 자연주의 소설의 동기를 이룬다.

이러한 요인들의 영향 아래에서 자연주의 소설은 인간을 둘러싼 물리적인 환경과 그 가운데 단지 '존재할' 뿐인 한 '생물체'로서의 인간, 유전적 기질과 환경의 영향을 벗어나지 못하는 인간을, 자연과학자가 갖는 최대의 객관성을 가지고 제시하려 시도한다.

문학사에서 최초의 자연주의 소설은 일반적으로 공쿠르 형제(Edmond de Goncourt, 1822~1896 and Jules de Goncourt, 1830~1870)의 『제르미니 라세르퇴(*Germinie Lacerteux*)』(1864)에서 시작된 것으로 알려져 있는데, 이 책의 서문에서 공쿠르 형제는 이 소설이 과학적 정신에서 이루어진 '사랑의 임상 연구'임을 밝히고 있다. 그러나 자연주의 운동의 중심 인물은 역시 에밀 졸라(Émile Zola, 1840~1902)이다. 그는 그의 『실험소설론』을 통해서 자연주의 문학의 대표적인 이론 체계를 세웠을 뿐만 아니라 그 이론을 실제 창작에 적용한 『테레즈 라캥』을 위시하여 『루공 마카르 총서』 등의 작품을 남겼다. 특히 자연주의 이론에 입각해서 씌어진 그의 첫 작품인 『테레즈 라캥』의 서문에 나오는 다음 구절은 자연주의의 창작 태도를 단적으로 보여주고 있다.

> 소설을 세심하게 읽게 되면, 각각의 장(章)이 생리학의 흥미로

> 운 한 경우에 대한 연구라는 것을 알게 될 것이다. 한마디로 나는 단 하나의 욕망밖에 없다. 즉 힘센 남자와 욕구 불만인 여자를 통해 그들에게서 동물성을 찾아내고, 동물성을 찾아낸 다음엔 그들을 격렬한 드라마 속에 내던져서, 그들의 감각과 행동을 주의 깊게 적어두는 것이다. 나는 외과의사가 시체에 행하는 분석의 노고를, 다만 살아 있는 두 몸뚱이에 행했을 뿐이다.

이 작품의 주인공인 테레즈와 로랑은 생각과 느낌, 자기 양심을 지닌 인간적 존재로 부각되지 않고 육체, 피, 신경과 같은 물리적 요소의 조직으로 나타난다. 특히 성격의 변화에 있어 유전적 기질과 환경의 영향이 중요시된다. 이들을 서술하는 졸라의 어투는 의학적이며, 작품 내적 요소에 접근하는 그의 방법은 도덕적 판단이나 정서적 감응이 제외된, 시험관 속의 화학 반응을 살펴보는 과학자의 그것이다. 『테레즈 라캥』에 이어서 나온 『루공 마카르 총서』는 1871~1893년 사이에 씌어진 일련의 소설 20편으로 이루어진 일종의 연작소설이다. 그중 『목로주점』 『나나』 『제르미날』 등이 우리나라 독자들에게 널리 알려져 있는데, 부제인 '제2제정 시대의 한 가정의 자연적 사회적 역사'를 통해서도 시사받을 수 있듯이 이 작품은 루공 가와 마카르 가라는 두 대가문의 여러 세대에 걸친 역사를 통해 다양한 작업을 가진 여러 개인과 그 개인들을 산출해낸 당대 프랑스의 사회적 기상도를 보여준다. 특히 이들 작품 속에서는 질병과 같은 유전적 요인이 유난히 강조된다.

그러나 졸라의 문학작품들이 높게 평가되는 반면, 자연주의에 대한 그의 이론적 저작물들의 가치가 점차 낮게 평가되어왔다는 점,

그리고 『실험소설론』에서 개진한 자연주의 소설 이론에 따라 씌어진 것으로 알려져 있는 『루공 마카르 총서』의 문학적 성공이 자연주의 이론 그 자체에 의해서가 아니라 뛰어난 상상력을 통해서 스스로의 이론적 결함을 초월하고 있는 졸라의 위대한 문학적 자질에서 비롯된 것으로 평가받고 있다는 점을 상기해보면, 자연주의 소설의 이론적인 원칙이 구체적인 예술작품에서 매우 지켜지기 어렵다는 점, 그리고 대개의 경우 뛰어난 자연주의 소설이 그 이론과 반대되는 모습으로 나타났다는 점은 그리 놀라운 일이 아니다. 졸라의 『루공 마카르 총서』가 지니는 문학적 가치는 단순히 그것이 환경과 유전 인자에 의해 결정되는 인간의 추악한 면을 폭로하고 있기 때문이 아니라, 그를 통해 인간의 삶을 둘러싸고 있는 환경의 영향과 당대 프랑스의 사회 상황을 알 수 있게 해준다는 점에 있는 것이다. 졸라 이외에 모파상(Guy de Maupassant, 1850~1893), 플로베르 등이 자연주의 작가들로 분류되기도 하지만, 실상 그들은 졸라만큼 자연주의에 대한 철저한 이론적 신념을 가지고 있었던 것은 아니다.

모두 다 그런 것은 아니지만 졸라 작품 대부분의 주제는 한 인간의 몰락과 비천함, 가난 등이며 이러한 특성은 이후의 자연주의 소설에도 꾸준히 계승되었다. 주인공들은 대부분 비극적인 운명으로 전락하는데 이때의 비극성은 고전문학 속의 영웅적 인물들이 지니고 있는 비극성, 즉 자신의 운명이나 거대한 힘들과의 싸움에서 실패함으로써 맞게 되는 숭고한 파멸과는 그 양상이 전적으로 다르다. 그것은 단지 동물적 욕구를 지닌 하나의 존재가 이 세상에 태어나 그 욕구를 충족시키는 데 좌절하는 과정의 기록일 따름이다. 제재로는 자연히 슬럼 생활, 알코올 중독, 성적 타락 등이 주로 선택

된다. 때로는 벗어날 수 없이 인간을 얽어매는 이런 상황에 대한 저항과 분노가 노출되는데 그 정서적 반응이 지나쳐서 독자들의 혐오감을 불러일으키기도 한다. 스티븐 크레인(Stephen Crane, 1871~1900)의 『거리의 소녀』, 존 스타인벡(John Steinbeck, 1902~1968)의 『분노의 포도』, 베르가(Giovanni Verga, 1840~1922)의 『시골에서의 생활』, 업튼 싱클레어(Upton Beall Sinclair, 1878~1968)의 『정글』 등이 자연주의 소설의 또 다른 예로 제시될 수 있으며, 직접적으로 자연주의 소설이라 지칭되지는 않더라도, 인간과 사회의 어두운 면을 냉혹하게 묘사하는 자연주의적 기법과 정신의 영향권 안에 있는 현대소설은 더욱더 방대한 양에 달한다. 토머스 하디, 시어도어 드라이저(Theodore Dreiser, 1871~1945), 제임스 패럴(James Thomas Farrell, 1904~1979) 등등의 작가가 그 대표적 예로 지적될 법하다.

그러나 이처럼 결정론적 인간관에 입각한 엄정한 객관적 관찰이라는 자연주의 이론은 근본적인 문제점을 내포하는 것이었다. 일반적으로 자연주의에 대해서 가해지는 비판의 유형은 크게 두 가지로 요약되는데, 그 하나가 자연주의를 기이한 소재들을 묘사하는 데 열중하는 천박한 선정주의의 소산으로 보는 관점이라면, 다른 하나는 자연주의는 현존하는 비참함을 그려내는 데에 머물고 있을 뿐 보다 나은 미래로의 길을 결코 제시하지 못하고 있다는 관점이다. 특히 후자의 관점은 마르크스주의 비평 쪽에서 끊임없이 제기되어 온 것으로서 자연주의 소설이 현실을 충실하게 재현함으로써 부르주아 계급의 필연적인 몰락을 반영하는 데 어느 정도 기여한 측면을 인정하면서도 그것이 사회 제 계층 간의 내면적 연관을 고려하지 않을 뿐만 아니라 상승하는 프롤레타리아 문제를 배제한 전망

부재의 세계관에 빠져 있다고 비난한다. 자연주의 소설이 인간을 생명 없는 사물의 수준으로 떨어뜨리며 그 그릇된 '객관주의'는 자본주의적 삶에 도전할 기력을 잃은 '정물화적' 표현에 불과하다는 루카치의 비판도 그와 같은 차원에서 이루어지는 것이다.

한국문학에서 자연주의 소설은 1920년대에 염상섭을 중심으로 전개된다. 그는 「개성과 예술」이라는 논문을 통해 "자연주의의 사상은 자아 각성에 의한 권위의 부정, 우상의 타파로 인하여 유인된 환멸의 비애를 호소함에 그 중요한 의의가 있다. (……) 인생의 암흑, 추악한 일면을 여실히 묘사함으로써 인생의 진상은 이러하다는 것을 표현하기 위한 것, 자연주의는 이상주의 혹은 낭만파 문학에 대한 반동으로 일어난 수단"이라고 말한 바 있다. 그러나 그의 작품 「표본실의 청개구리」「만세전」『삼대』 등이 이러한 자연주의적 이론의 충실한 반영인가 하는 점에 대해서는 많은 논란이 있어왔다. 일반적인 견해는, 그의 작품이 생물학적 결정론을 강조하는 졸라의 태도에 부합하기보다는 당대 식민지 사회의 전형적 인물을 제시하려는 리얼리즘적 성격을 더욱 강하게 드러내 보인다는 것이다. 이외에도 김동인의 「감자」「명문」 등이 거론되지만 이 작품 속에서 인간의 추악한 일면을 드러내고 있다는 점 이외의 자연주의에 대한 어떤 의식적인 기법의 수용을 찾아내기는 어렵다.

관련 교육과정 목표

[12 문학 01-05] 한국 작품과 외국 작품을 비교하며 읽고 한국문학의 보편성과 특수성을 파악한다.

참고 작품 : 김동인 「약한 자의 슬픔」, 염상섭 「만세전」

* 사실주의(모파상 『여자의 일생』, 에밀 졸라 『제르미날』)

재현 | 再現 representation

'다시 제시한다(re-presence)'라는 의미의 재현이라는 용어는 서양에 있어서 문학 이론의 탄생과 함께 등장했다. 문학이 가시적이며 현실적으로 존재한다고 믿어지는 삶, 현실, 풍경, 사물 등을 재현한다는 생각은 플라톤과 아리스토텔레스가 제시한 문학 이론의 핵심을 이루고 있다. 플라톤은 문학작품에 재현되는 것이 이데아의 가상(假像)이라고 보았고 아리스토텔레스는 사물의 보편적 원리라고 보았다는 점에서 차이가 있을 뿐 양자는 모두 재현이라는 기능 속에 문학의 본질이 있다고 믿었다. 문학의 재현적 기능을 설명하기 위해서 플라톤과 아리스토텔레스가 사용한 용어는 오늘날 우리가 쓰고 있는 재현 바로 그것보다는 좀 더 넓은 개념인, 보통 모방(imitation)이라는 뜻으로 번역되는 **미메시스**(mimesis)이다. 아리스토텔레스가 제시한 모방 개념은 문학작품이 그에 선행해서 존재하는 어떤 실재의 자연물이라는 현상의 배후에 도사리고 있는 그것들을 그렇게 있게 하는 이치, 즉 원리를 찾아내고 그것을 재현한다는 생각과, 작품 자체가 그 나름의 유기적 형식과 객관적 위상을 갖는다는 생각을 결합시킨 것이다.

문학 형식의 유기적 조화로움에 대한 이러한 강조는 고전주의 및 신고전주의 비평에서 모방이라는 용어가 갖게 되는 두 번째 의미, 즉 형식과 문체에 있어서의 고전적 모델의 모방이라는 의미와 연관된다. 모방 개념에 내포된 재현의 측면은 18세기 이후 고전적 모델의 유효성을 부정하는 방향으로 나아가는 문학사적 변화의 과정 속에서 새로운 중요성을 획득하게 된다. 문학의 재현적 기능에 대한 쇄신된 인식은 특히 근대 리얼리즘 소설의 형성과 밀접한 관련을 맺고 있다.

리얼리즘은 문학사에 일찍이 등장한 그 어떤 경향이나 사조보다도 재현의 역할을 중시한다. 문학이 삶의 경험을 취급하는 한 재현적 기능을 하지 않는 작품이란 있을 수 없는 것이지만, 리얼리즘 작가들에게 있어서 재현은 글쓰기에 따라오는 부수적인 효과가 아니라 글쓰기를 통해서 달성하지 않으면 안 되는 최우선의 목표이다. '프랑스 사회의 서기(書記)'를 자임하고 자신의 소설이 박물학적 풍속사이기를 바랐던 발자크는 소설의 재현적 기능을 극대화하고자 하는 리얼리스트의 야심을 대표한다. 더욱이 19세기의 리얼리즘 소설이 추구한 재현은 있는 그대로의 현실 재현이었다. 거울의 이미지, 그리고 그로부터 파생된 반영(reflection)의 개념은, 문학에 선행해서 외부에 존재한다고 여겨지는 현실을 왜곡 없이, 진실하게 그려낸다는 19세기 작가들의 생각을 단적으로 집약하고 있다. 이러한 있는 그대로의 현실 재현이라는 이념은 19세기 리얼리즘 소설에 독특한 관찰과 묘사의 태도를 가져왔다. **핍진성**(verisimilitude), 객관성(objectivity), 냉철함(impassivity), 역사주의(historicism) 등은 그러한 태도의 두드러진 예로 꼽힌다.

19세기 리얼리즘 소설의 발전 이후 문학적 재현의 개념은 상당한 이론적 세련화를 거두었다. 여기에는 무엇보다도 마르크스주의 비평의 공헌이 컸다. 마르크스주의 비평가들은 19세기에 유행한 반영의 개념을 변증법적 유물론에 입각하여 새롭게 정의하면서 문학이 외부적 현실을 재현하는 방식에 대한 체계적인 설명을 제공했다. 헝가리 태생의 비평가이자 철학자인 게오르크 루카치(György, Lukács, 1885~1971)의 작업은 마르크스주의적 재현 이론의 최고 수준을 보여준다. 루카치에 있어서 진실한 반영은 거울로 대상을 비추듯이 현실의 드러난 양상을 있는 그대로 묘사하는 것과는 거리가 멀다. 그가 발자크를 위시한 19세기의 리얼리즘 작가들을 격찬한 것은 그들이 단순히 꼼꼼하고 박진감 넘치는 묘사를 제공했기 때문이 아니라 끊임없는 변증법적 운동의 과정 속에 있는 역사적 · 사회적 현실의 총체성을 포착했기 때문이다. 그 총체성은 작품에 반영된 현실의 부분들이 그 나름의 개별적 구체성을 지니면서, 동시에 서로 유기적 관련을 맺어 보편성의 차원에 도달함으로써 획득된다. 이러한 구체적 총체성의 재현에 있어서 결정적 역할을 하는 것이 이른바 전형이다. 인물이나 정황에 있어서의 특수한 것과 보편적인 것, 개별적인 것과 일반적인 것의 통일이라고 정의되는 전형 속에서 루카치는 소박한 묘사(描寫)의 수준을 넘어선 '올바른' 문학적 재현의 원리를 발견하고자 했다.

현실 세계의 즉물적 반영을 추구하는 소설가든, 루카치처럼 총체성의 인식을 강조하는 비평가든 간에 문학적 재현의 의의를 옹호하는 사람들은 ―언어, 형식, 규약, 관습 등―재현의 행위에 개입하는 일련의 매재들의 역할을 간과하는 경향이 있다. 그들은 대체로 그러한 매재들을 작가가 임의대로 골라 쓸 수 있는 간단한 도구쯤으로, 혹은 현실을 적당한 거리에서 내다보게 해주는 유리창쯤으로 취급한다. 그러나 언어적 · 형식적 매재들은 결코 고분고분하지도, 투명하지도 않다. 그것들은 작가나 독자가 의식하든 못 하든 간에, 문학에 선행하여 존재한다고 여겨지는 현실이 작품 속에서 취하게 되는 형식과 양태들에 엄청난 영향을 미친다. 러시아 형식주의 이후의 문학 이론에서는 이미 상식이 되어버린 이야기지만, 언어적 · 형식적 매재들은 그 자체로 고유한 관성과 법칙을 가지며 문학적 재현의 가능성을 열어놓으면서 동시에 제약한다. 만일 어떤 작품에서 어떤 현실이 실감 나게 재현되었다는 인상을 받는다면, 그것은 진짜로 그 현실이 작품 밖에서 안으로 들어온 결과가 아니라 작품을 구성하는 언어, 형식, 규약들이 빚어내는 효과이다. 우리가 문학작품 안에 들어 있다고 말하는 현실이란 실은 종이 위에 찍힌 활자들, 즉 언어적 형상에 지나지 않는다. 이러한 생각을 극단으로 밀고 나가면 문학작품은 외부적 현실의 모사품이 아니라 언어와 형식으로 구성된 인공품이라는 명제가 성립된다.

19세기적 리얼리즘론이나 마르크스주의적 반영론의 근거를 약화시킨 이론적 성과들은 무수히 많지만, 그중에서 특히 급진적인 것은 아마도 롤랑 바르트의 『S/Z』일 것이다. 발자크의 리얼리즘 소설 「사라진」 한 편의 분석에 바쳐진 이 책에서 바르트는 겉으로 보기에는 통일성을 지니고 있는 듯한 텍스트를 해체하여 그것을 구성하는 다섯 개의 주요 규약을 검출해낸다. 텍스트 내에서 하나의 수수께끼가 제기되고 해결되는 해석학적 규약, 주제들을 결정하는, 인물이나 장소에 관계되는 의미소적(意味素的) 규약, 의미들이 다변화되고 역전되는 상징적 규약, 행동과 습성을 결정하는 행위적 규약, 사회적 · 과학적 정보들을 제공하는 문학적 규약이 그것이다. 이러한 규약들은 작가와 독자가 공유하고 있는 것이며 텍스트를 바로 그것이게끔 하는 역할을 한다. 처음부터 문학적인 것이 아니라 문화 일반의 부분으로 기능하는 이러한 규약들은 텍스트를 현실에 관련시키는 것이 아니라 다른 텍스트에 연관시킨다. 규약들이 만들어내는 **상호 텍스트성** 속에서 '현실'은 어떠한 확정성도 갖지 못한다. 대신에 그것은 규약들에 의해 구성되는 텍스트의 일종이 되어버리는 것이다. 따라서 재현이라는 기능도 규약을 통해서 하나의 텍스트가 다른 텍스트를 지시하는 기능, 즙 '인용'의 일종에 지나지 않게 된다. 롤랑 바르트는『S/Z』(뉴욕, 1975, p.167)에서 이렇게 쓰고 있다.

> '리얼리즘' 작가는 그의 담론의 원점 자리에 결코 '현실'을 두지 못하며, 추적하자면 한없이 뒤로 가는, 이미 씌어진 현실적인 것 하나, 장래의 규약 하나는 그 자리에 둔다. 그 규약을 따라가면서 시선이 미치는 한 우리가 식별할 수 있는 것이란 연속되는 복사품들뿐이다.

후기구조주의의 이론들이 폭넓은 지지를 얻고 있는 현재의 상황 속에서 소박한 모사론이나 반영론을 고수하기는 어렵다. 그러나 현실을 텍스트적 구성물로 간주하는 후기구조주의의 관점이 문학적 재현에 관한 논의를 불필요하게 만드는 것은 아니다. 오히려 현실이 선험적으로 주어지는 것, 텍스트에 앞서서 존재하는 것이 아니라는 통찰은 과거부터 있어왔고 지금도 진행되고 있는 문학적 재현의 방식과 원리들에 대한 보다 진지한 성찰을 요구한다. '텍스트 너

머에는 아무것도 없다'는 데리다(Jacques Derrida, 1930~2004)의 명제는 텍스트의 즐거움에 탐닉하는 자기 방기를 권유하고 있는 것이 아니라 재현적 담론의 인위성과 관습성, 그리고 그것의 근저에 깔려 있는 이데올로기적 역학에 대한 탐구가 오늘날의 문학 이론이 당면한 과제임을 시사하고 있는 것이다. 재현적 담론이 표방하는 현실과의 자명한 관계를 전복시키고 담론 구성에 개입하는 형식, 규약, 관습이 어떻게 특정한 방식으로 인간과 세계를 이해하도록 규제하는가를 고찰하는 일은 아리스토텔레스 이래 재현 이론의 바탕에 깔려 있는 기본적인 욕망, 문학을 삶과 연관시켜 이해하고자 하는 욕망을 새롭게 실현하는 일이다.

관련 교육과정 목표

[12 문학 01-02] 문학의 여러 갈래들의 특성과 문학의 맥락에 대해 이해한다.

참고 작품: 염상섭 『삼대』, 장강명 「알바생 자르기」, 김초엽 「나의 우주 영웅에 관하여」

전 | 傳

한 인물의 생애와 업적을 기록한 전통적 서사물의 한 유형이다. 전(傳)은 한 사건의 전말을 기록한 기(記)와 함께 문학적인 면보다는 역사적인 기록물로서 더 많은 가치를 인정받아왔지만, 최근에 들어서 문학적인 측면에서의 다양한 해석과 연구가 이루어지고 있다.

전은 원래 역사로부터 비롯되었다. 전의 기원은 공자(孔子, 기원전 551~479)의 『춘추』를 해석하고 설명한 좌구명(左丘明, 기원전 556~451)의 『춘추좌씨전』에까지 소급되는데, 이때의 전은 경전의 뜻을 해석하고 그것을 후대에 전수하는 데 그 목적이 있었다. 이것이 후대에 내려오면서 한 인물의 생애를 기록하고 평가하는 것이라는 오늘날의 개념으로 변하게 된다. 즉 전은 경전을 해석하고 전수하는 본래의 성격에서 한 인물의 생애와 업적에 대한 일대기적 기록으로 개념화된 것이다. 특히 사마천이 편찬한 『사기열전(史記列傳)』은 역대 인물의 행적을 기록하고 평가한 것으로, 이 열전체는 정사의 규범으로 굳어진다. 이때 사서의 열전은 사관만이 지을 수 있는 것이었으며 전에 오를 수 있는 인물도 역사에서 평가를 받을 만한 공적을 남긴 인물로 한정되었다. 그러던 것이 후대로 내려오면서 사관이 아닌 문인, 학자들도 전을 짓게 되었고, 전에 기록될 수 있는 인물도 역사적인 인물에서 효자, 충신은 물론 간신 등으로 확대된다. 이렇게 전의 작가층이 확대되고 대상 인물의 범위가 넓어지는 것은, 어떤 인물의 업적(충효나 신의, 미덕)을 기록하고 세상에 널리 알려서 세인으로 하여금 교훈과 감계로 삼도록 하기 위해서였다. 특히 충신이나 효자, 열녀와 같은 미덕의 소유자가 아닌 간신, 반역자와 같은 부정적 인물들이 전에 오르는 것은 전의 교훈적이고 감계적인 성격의 다양성의 다양성을 구체적으로 보여주는 예이다.

전의 구성에 있어서는 사마천의 『사기열전』이 전범이 되었는데, '취의부(자서) – 행적부(본전) – 평결부(논찬)'의 3단으로 구성된다. 취의부는 그 전을 짓게 된 동기를 밝히거나 전달하는 교훈의 윤곽을 암시하는 부분이다. 행적부는 전의 핵심적인 부분으로서, 그 인물이 태어나면서 죽기까지의 행적과 업적을 주로 서술한다. 이것은 '가계 – 출생 – 성장 – 학업 – 활동 – 업적 – 죽음 – 후손'의 순으로 구성되며 이러한 전의 일대기적 구성은 고전소설의 일반적인 구성 방식과 거의 일치한다고 할 수 있다. 한 인물의 출생에서 죽음에 이르는 일대기적 구성이라는 점에서 전의 행적부는 고소설과 공통점을 보여주는 것이다. 본전의 뒤에는 사관의 직함으로 된 평결부, 즉 논찬이 온다. 이것은 입전(入傳)된 인물에 대하여 작가가 주석을 하고 평가를 내리는 부분으로서 전을 지은 작가의 가치관이 강하게 드러난다. 열전의 이러한 구성 형식은 승전(僧傳), **가전**(假傳) 등에도 그대로 이어진다.

열전이란 뛰어난 업적을 남긴 역사적인 인물을 기록한 것이며 승전은 고승(高僧)의 삶에 대한 기록이다. 그리고 가전은 사람이 아닌 동식물, 무생물 등에 인격을 부여하여 전의 형태를 취한 것이다. 인물의 행위와 업적을 중심으로 한 이것들의 서술 방식은 『박씨전』『임경업전』 등의 군담소설에 많은 영향을 주게 된다. 또한 가전은 고려 말의 가전체와 조선시대의 의인소설의 출현에 기여한다. 「국순전」「청강사자현부전」 등의 가전체 서사물은 모두 가전의 형식과 성격을 충실하게 이어받아 발전시킨 것이며, 「토끼전」「장끼전」 등의 의인소설도 가전의 발전된 서사 양식이라 할 수 있다. 특히 고소설의 제목이 대부분 '–전'으로 되어 있는 것이나, 인물의 출생에서 죽음에 이르는 일대기적인 구성 방식은 전과 고소설의 긴밀한 관계를 단적으로 보여주는 예이다.

관련 교육과정 목표

[12 문학 01–02] 문학의 여러 갈래들의 특성과 문학의 맥락에 대해 이해한다.

참고 작품: 성석제 「황만근은 이렇게 말했다」, 윤영수 「착한 사람 문성현」

전기소설 | 傳奇小說

근대적인 의미의 소설이 수립되기 이전, 중국 및 우리나라의 산문문학에서 널리 유행하였던 서사 장르의 하나. '전기'라는 말은 '奇'를 '傳'한다, 즉 '기이한 것'을 '기록한다'는 뜻에서 만들어진 것이다. 그러므로 전기소설이라 불리는 작품들에는 현실적으로 믿기 어려운 괴기하고 신기한 내용들이 중점적으로 표현되며 머릿속에서만 일어나는 것이 가능한 공상적인 사건들, 현실적 인간 세계를 벗어나 천상과 명부(冥府)와 용궁 등에서 전개되는 사건들, 초인적 능력을 발휘하는 인간이나 자연물 등이 그 내용의 중심을 이룬다. 고대의 서사물에 있어 전기적 요소란 서사물을 형성하는 주요 요소 중 하나였으며, 원시적 서사 형태인 신화, 민담, 전설 등을 이루는 중심적인 내용에도 대체로 전기적인 요소를 많이 지니고 있다.

인간이 자신이 경험하지 못한 환상의 세계에 대해 호기심과 동경을 지니는 것은 당연한 일이며 이러한 정신적 작용은 상상력을 통해 신이한 인물의 무용담이나 연애담을 만들어냈다. 이러한 자연발생적 서사 내용들이 구전되는 과정을 통해 윤색되고 각색되면서 전기소설이라는 하나의 틀로 정착하게 된 것이다. 그것이 꾸며진 이야기, 즉 창작된 허구 서사물이라는 점에서 전기소설은 현대의 서사물과 동일한 유형적 테두리에 묶일 수 있으며, 고대의 서사물이 근대의 소설(novel)로 변화해가는 과정의 징검다리 역할을 수행한 양식이라 할 수 있다. 그런 맥락에서 근대적인 소설이 발생하기 이전의 모든 소설적 창작물(흔히 사용되는 용어로 고전소설)을 전기소설로 간주해야 한다는 견해도 있다. 비록 그런 주장이 불합리하게 여겨질 만큼 전기소설과 전혀 성격이 다른 서사물들이 존재했다 하더라도, 대부분의 고전소설은 전기적 요소를 갖추고 있으며 전기소설이라는 장르 안에 포함될 여지가 많다. 전기소설의 다양한 목록과 천차만별의 내용은 일일이 열거할 수 없을 정도이다. 국문학자 김기동(金起東, 1927~1986)은 중점적 역할을 하는 모티프를 중심으로 하여 그것을 일곱 가지 유형으로 분류한 바 있다.

① 인간과 귀신을 연결해놓은 작품 :『금오신화』 중의「만복사저포기」·「이생규장전」·「취유부벽정기」,『삼설기』 중의「서초패왕기」·「이화전」 등.
②'명부'의 세계를 표현하여 인간의 현세와 내세를 연결해놓은 작품 :『금오신화』 중의「남염부주지」「왕랑반혼전」「당태종전」 등.
③ 수부의 세계를 표현한 작품 :『금오신화』 중의「용궁부연록」.
④ 천상의 세계를 표현하여 천상과 지상을 연결해놓은 작품 :「천궁몽유록」「향랑전」.
⑤ 신선의 세계를 표현한 작품 :『삼설기』 중의「삼자원종기」.
⑥ 꿈속의 세계를 표현한 작품 :「남염부주지」「용궁부연록」「천

궁몽유록」「원생몽유록」「대관재몽유록」「금산사몽유록」.
⑦ 인간이 태어나기 이전의 세계를 표현한 작품 :「금우태자전」「안락국전」.

고전 서사 양식의 대부분이 그러하듯이 전기소설 역시 중국의 영향으로 이루어진 것이다. 본래 전기는 당대(唐代)의 허구적 서사물에 대한 명칭이었다. 그 이전 시대(육조(六朝))의 허구적 서사물인 지괴(志怪)가 가지는 기본적 성격이 기록성이라면 당대 전기의 특징은 단순한 산문적 기록물이 아니라 독자들의 흥미를 북돋우기 위해 작가 개인의 창작 의식이 개입된 이야기라는 점이다. 그러므로 기괴한 사건, 초현실적 에피소드가 등장한다는 점에서는 지괴와 유사하지만 전기에서는 그런 요소들이 짜임새 있는 구성이나 전개 과정을 가지고 제시되며 뚜렷한 작가가 존재한다. 이 전기들은「유선굴」처럼 한 편의 독립된 작품으로,『현괴록』처럼 한 사람의 작품집 형태로, 또는 한 작가의 시문집 속에 잡문, 잡저로 포함되는 등 다양한 형태로 전하여진다. 내용이나 제재에 따라 이것들은 신괴류, 검협영웅류, 염정연애류, 별전류 등으로 나누어지는데 시기별로는 다음과 같이 분류될 수 있다.

① 초기 : 육조의 지괴가 당대의 전기로 발전하는 과도기. 작품으로는「고경기」「보강총백원전」「유선굴」 등.
② 중기 : 당대 전기의 번성기. 내용 및 형식이 풍부하고 다채로워지며 현실적인 제재도 사용됨. 작품으로는「침중기」「남가대수전」「유의전」「이의전」「앵앵전」「이임보외전」「장한가전」 등.

③ 후기 : 괴이하고 신비로운 작품의 분위기가 소생하여 현실 생활과 점차 거리가 멀어짐. 검협영웅류가 많이 발생. 작품으로는 『현괴록』, 「기문」「유무쌍전」「곤논류」「섭은랑」 등.

당대의 전기물은 후대의 원, 명, 청 3대에 이르는 소설적 · 극적 창작물의 귀중한 소재원이 되었다. 송대 이후의 문언필기소설(文言筆記小說)은 전기의 정신을 계승한 것이며, 청대의 포송령(蒲松齡, 1640~1715)이 지은 『요재지이(聊齋志異)』는 그 성과를 집약한 서적이고, 우리의 전기소설 역시 이 작품들의 광범위한 영향 아래에서 형성된 것이다.

전기소설 안에서 강조되었던 그 신비한 내용들, 위인이나 영웅들의 뛰어난 무용담이나 선남선녀의 연애담 등은 모두 독자들의 흥미를 촉발시키기 위해 실제 이상으로 과장된 것이며, 그 흥미 본위적 오락적 성격 때문에 이덕무(李德懋, 1741~1793)를 위시한 조선시대의 유학자들에게 '소설무용론'이라는 반발을 불러일으키기도 했다. 그러나 근본적으로 볼 때 전기소설은 현대의 소설이 지니고 있는 완전한 허구적 서사라든가 인물 및 사건의 제시 방법, 소설적 상황의 전개와 갈등 해결 등, 유사한 요소를 얼마간 공유하고 있고, 허구적 서사물의 변화 및 영향 관계를 결정적으로 해명할 수 있는 문학사적 위치를 차지한다.

관련 교육과정 목표

[12 문학 01-03] 주요 작품을 중심으로 한국문학의 범위와 갈래, 변화 양상을 탐구한다.
참고 작품 : 김시습 『금오신화』, 작자 미상 『운영전』

줄거리와 줄거리 축약

줄거리는 서사 텍스트(narrative text)의 뼈대와 골간이 그 서사 텍스트의 밖에 있는 누군가에 의해 요약의 형식으로 추출된 결과를 가리킨다.

화제의 대상이 되고 있는 영화, 연극, 텔레비전 드라마를 앞질러 감상했거나 관람한 사람이 그것들을 미처 보지 못한 사람에게 한 시간 반이나 그 이상짜리의 내용을 5분이나 그 비슷한 시간 분량의 이야기로 전달한다면, 이때 전달되는 것은 그러한 서사물들의 축약된 이야기 즉 줄거리이다. 허먼 멜빌의 소설 『모비딕』의 줄거리는 바다의 괴수에게 한쪽 다리를 먹힌 에이허브라는 사나이가 목숨을 내던져가며 그 괴수에게 복수하는 이야기, 혹은 그 비슷한 모양으로 축약될 수 있겠다.

줄거리는 '이야기의 개요'라는 뜻의 플롯과 동일한 개념이며(**플롯**을 보라) 당연히 스토리 그 자체와는 구별된다. 이야기의 개요 또는 줄거리는 동일한 스토리가 패러프레이즈의 대상이 되는 경우에서일지라도 패러프레이즈를 수행하는 사람에 따라 다양한 길이와 모습으로 결과될 수 있으므로 고정적인 규모와 형태를 가질 수 없다는 특징을 가진다. 앞에서 예시한『모비딕』의 개요는 원고지 10매 분량이나 그보다 훨씬 더 긴 분량으로 확대될 수도 있고 줄거리를 구성하는 언어적 체계도 달라질 수 있다. 줄거리의 양상은 그것의 규모와 마찬가지로 스토리를 요약하는 사람의 관점과 솜씨에 좌우된다.

줄거리 요약, 즉 스토리 패러프레이즈는 불가피하게 서사 텍스트의 변질과 왜곡을 초래한다. 담론 구조의 상당 부분을 희생시키거나 손상시키지 않고 개요-줄거리를 추출해내기는 불가능하기 때문이다.

그럼에도 하나의 서사 텍스트로부터 줄거리를 끄집어내는 행위는 대개는 서사물과 독자를 매개한다는 명분 아래 수행되고는 한다. 특히 줄거리 석의(釋義)는 문학 비평과 문학 교육에서도 즐겨 활용되는데 하나의 서사물이 잠재하고 있는 인상적인 국면과 흥미의 요체를 부각시킴으로써 독자 충동을 자극한다는 선의의 동기를 감안하고서라도 궁색한 방법이다. 하나의 서사 텍스트의 본질과 가치가 스토리의 양상에만 의존해서 해명되거나 매개될 수 없다는 것은 자명한 사실이기 때문이다.

그러나 더욱 바람직하지 않은 것은 하나의 서사 텍스트를 축소된 규모의 텍스트로 대체하고자 하는 시도이다. 서사물의 다이제스트화가 그것인데, 온전한 텍스트를 수용할 능력이 미숙하거나 시간이 부족한 독자에게 기여한다는 의도와 목적에도 불구하고 십중팔구 언젠가는 누리게 될 독자의 유익한 독서 체험의 기회를 박탈할지도 모른다는 위험이 그 행위 속에는 내포되어 있다. 요컨대 줄거리에 의존해서 문학의 현상을 분별해내거나 매개하고자 하는 시도가 문학 본래의 구체성에서 독자를 멀어지게 한다.

관련 교육과정 목표

[10 공국 2-05-02] 주체적인 관점에서 작품을 해석하고 평가하며 문학을 생활화하는 태도를 지닌다.

참고 작품 : 염상섭 「만세전」, 헤밍웨이 『노인과 바다』, 셰익스피어 『햄릿』

참여소설 | 參與小說

문학이 사회의 개혁이나 변혁에 적극적으로 참여해야 한다는 생각하에 씌어지는 소설들을 일컫는 매우 포괄적인 명칭이다. 이 말은 사르트르가 "문학은 그 스스로를 사회적 현실이나 상황, 역사에 구속시킨다(engager)"라고 말한 후부터, 사회 변화에 대한 문학의 현실적 용도를 중시하고, 문학의 사회 비판적이고 실천적인 기능을 강조하는 문학 형태를 일컫는 용어로 널리 쓰이기 시작했다(프랑스어 engager는 '구속하다', '속박하다'라는 의미를 지니고 있는 말이지만, 주어 자신이 목적격이 되는 s'engager의 경우에는 '참여하다'라는 의미를 지닌다). 특히 사르트르는 시의 현실 참여적 기능을 부정함으로써 참여문학의 범주를 소설에 한정시키고 있다.

사르트르가 참여문학이라는 명칭에 부여했던 것은 특정한 이념적 지향성을 의식적으로 추구하는 문학들을 일컫는 한정된 범주의 의미가 아니라, 나의 자유뿐만 아니라 타인의 자유를 위해서 그 자유를 억압하는 상황의 모순과 부조리를 폭로하는 문학적 태도를 가리키는 매우 포괄적이고도 유연한 의미였다. 사르트르에 의하면 "산문가(소설가)란 폭로에 의한 행동이라고나 부를 수 있을 어떤 이차적인 행동 양식을 선택한 사람"이며, "구속된(참여한) 작가는 말이 곧 행동이라는 것을 알고 있다. 그는 폭로하는 것이란 어떤 변화를 가져오는 것이며, 오직 변화를 꾀함으로써만 폭로할 수 있다는 것을 아는" 사람이다. 그리하여 참여 작가란 "세계를 폭로하기를 택했으며, …(중략)… 이렇게 숨김없이 벗겨진 대상 앞에서 다른 사람들이 전 책임을 질 수 있도록 폭로하기를 선택"한 사람이다. 사르트르가 자유와 더불어 강조하는 책임의 문제는 사유의 상황적인 제약성에서 비롯됨을 강조한다. 상황을 좁은 의미의 정치적이고 이념적인 차원에 한정시키기보다 인간의 본질적이고도 보편적인 삶의 조건과 결부시키는 태도를 보여주고 있다. 이는 그의 참여문학이 근본적으로 넓은 의미에서 휴머니즘적인 성격을 지니는 것임을 말해주는 것이다.

그는 "문학이 자기 자율성을 명백히 의식하기에 이르지 못할 때, 그리고 일시적인 권력이나 하나의 이데올로기에 복종하고 있을 때, 요컨대 문학이 자기를 무조건의 목적으로 보지 않고 수단으로 보고 있을 때, 그러한 시기의 문학은 이미 독립성을 잃은 것이라고 나는 지적한다"라고 한다. 『문학이란 무엇인가』의 이 한 구절은 사르트르의 참여문학의 개념이 문학의 자율성을 포기하는 것이 아님을 명백히 해준다.

우리나라에서 참여문학이라는 말이 널리 유행하게 된 것은 1960년대 말경부터 시작되어 1970년대를 풍미했던 이른바 순수-참여 논쟁에 의해서였다. 1967년 김붕구(金鵬九, 1921~1991) 교수의 「작가와 사회」라는 짧은 글이 발단이 되었고, 김수영-이어령의 논쟁으로 이어지면서, 당시 문인들이나 평론가들 가운데 이 논쟁에 대해서 어떤 형태로든 발언하지 않은 사람이 드물 정도로 과열된 분위기를 낳았다.

당시 참여문학론이 우리나라에서 본격적으로 전개되기 시작한 가장 근본적인 배경으로는 4 · 19혁명의 문화적 영향을 드는 것이 통설로 되어 있다. 그와 더불어 참여문학의 이론적 입지를 제공해 준 것은 일인 독재 정치체제의 강화와, 급속한 경제정책의 부작용인 빈부의 격차나 농촌의 붕괴 현상 등이 1960년대 말부터 서서히 드러나기 시작했던 상황적 요인들이었다고 할 수 있다. 이와 같은 현실 속에서 참여문학은 문학인이 지녀야 할 시민으로서의 집단적 삶에 대한 책임과 연대성을 강조하면서, 문학인이 개인적 내면의 성곽에서 벗어나 사회 비판자이며 고발자로서의 자신의 사회적 위치를 자각해야 한다고 주장한다.

그러나 1960~70년대의 참여문학론자들이 강조한 문학의 사회 비판적인 기능이 실천적이고 체계적인 이념 지향성을 지니는 것이었다고 말할 수는 없다. 그것은 자유 · 평등 · 박애라는 서구의 시민사회적 정신 속에 그 뿌리를 두고 있었고, 그것이 주장하는 문학의 불온성이라는 것도 무산계급 이념에 바탕을 둔 실천적이고 사회변혁적인 목적성을 지니는 것이기보다는, 사르트르적인 의미, 즉 정치권력에 반항한다든가 부정부패의 사회를 고발한다는 차원의 현실 비판에 머무르는 것이었다. 따라서 거기에서 강조되는 것은 사회적 모순에 대한 지식인의 역할이었다. 그러나 1980년대에 접어들면서 지식인의 사회적 책임에의 강조가 민중의 역량에 대한 이념적인 확신으로 바뀌면서 문학의 사회참여적 성격도 매우 정치적이고 계급적인 편향성을 강하게 지니게 된다. 그리고 그와 동시에 참여문학이라는 용어 자체도 문학 논의에서 점차 사라지게 된다. 참여문학이라는 포괄적인 용어가 민중문학이나 노동문학 등의 다소 한정된 이념 지향적인 의미를 지니는 용어로 대체되게 된 것이다.

1960~70년대의 참여문학이 정치적이고 사회변혁적인 성격보다는 대체로 문화적이고 휴머니즘적인 성격을 강하게 내포하고 있었음은 황석영이나 박태순, 김정한(金廷漢, 1908~1996)의 작품들과 조세희의 『난장이가 쏘아올린 작은 공』, 윤흥길의 「아홉 켤레의 구두로 남은 사내」 등이 당시의 참여문학론자들에 의해 긍정적인 평가를 받았다는 사실에서도 드러난다.

물론 1970년대의 백낙청(白樂晴, 1938~)이나 염무웅(廉武雄, 1941~) 등의 민족문학론에 의해 정치 상황과 민중 현실에 대한 문학의 현실 참여적 역할이 강조되고, 그에 대해 참여문학의 도식성과 창작적 성과의 빈곤함이 이른바 순수문학론자들에 의해 되풀이 지적되고는 있지만, 1980년대에 비해 볼 때, 그와 같은 민족문학론조차도 대체로 온건한 지적 논의의 양상을 보여주고 있는 것은 부정할 수 없다.

참여문학의 영역을 확장하면 1920년대의 카프(KAPF) 문학뿐만 아니라, 우리나라의 전통적인 사대부 문학이나, 최남선, 이광수류의 계몽문학 등 공리주의적인 문학관을 표방한 모든 형태의 문학을 포괄할 수 있을 것이다. 이러한 경우 참여문학을 분류하는 기준이 되는 것은 문학이 문학 이외의 다른 사회적 목적을 위해 봉사한다는 기능적인 특성 그 자체이다.

그러나 문학의 기능적인 역할을 강조하더라도 참여문학은 통상 현실 비판적이고 변혁적인 기도(企圖)를 포함하는 문학을 가리키는 용어로 쓰이는 것이 관례이다.

관련 교육과정 목표

[12 문학 01-04] 한국문학에 반영된 시대 상황을 이해하고 문학과 역사의 상호 영향 관계를 탐구한다.

참고 작품 : 조세희 『난장이가 쏘아올린 작은 공』, 황석영 『객지』, 이광수 『단종애사』, 정찬주 『이순신의 7년』

초점화 | 焦點化 focalization

인식 주체가 어떤 대상을 향해 자신의 지각(perception)을 발동해내고, 그것을 인식하는 행위를 지칭하는 용어이다. 전통 시학의 용어로는 시점(point of view)이 이에 해당하는데, '시점'이라는 용어에서는 대상을 향한 인식의 지향뿐만 아니라, 그 관찰의 결과를 진술한다는 의미도 포함되어 있기 때문에 구조주의자들은 시점 대신 이 용어를 사용한다. 이들은 하나의 텍스트 내에서 '서술의 주체'와 '인식의 주체'를 분리시켜서 생각하고자 하기 때문이다(**시점**을 보라). 엄밀하게 말한다면, 초점화는 일정한 대상에 대해 지각을 지향하는 행위뿐만 아니라, 대상에 대한 인식, 감정, 관념적 지향 등등의 모두를 포함하는 폭넓은 개념의 용어이다. 이때 자신의 지각, 인식, 감정 등등이 대상을 지향하는 초점화의 주체를 초점화자라 하고, 그 지각 대상을 초점화 대상이라 한다. 초점화자는 스토리의 내부에 있을 수도 있고 외부에 있을 수도 있다. 다시 말해 초점화는 스토리 자체에 대해 밖에서 이루어질 수도 있고 안에서 이루어질 수도 있는데, 외적 초점화의 서사물은 화자가 초점화자가 되며, 내적 초점화의 서사물은 이야기의 서술자와는 관련 없이 대개 작중인물 중의 하나가 초점화자가 된다. 가령 디킨스의『위대한 유산』의 서두 부분에 등장하는 어린아이 핍은 인식의 주체자인 초점화자이지만, 이야기의 서술자인 화자는 아니다(**화자**를 보라).

관련 교육과정 목표

[9 국 05-04] 보는 이나 말하는 이의 특성과 효과를 파악하며 작품을 감상한다.

참고 작품 : 김유정 「동백꽃」, 임철우 「사평역」, 김애란 「노찬성과 에반」

추리소설 | 推理小說 whodunit

좁게는 탐정소설과 동의어로 쓰이는 소설양식이다. 좀 더 넓은 의미로는 ① 신비스럽고 괴기스러운 분위기를 지니고, ② 의혹의 중층적인 구축이라는 기법을 플롯상에 주로 이용하며, ③ 범죄를 중심으로 한 갈등 구조를 지닌 소설들을 가리킨다. 탐정소설이 일정한 형식으로 굳어져 오락문학의 성격을 지니는 데 비해 추리소설은 본격문학의 영역에 속하는 작품들에도 광범위하게 적용된다.

추리소설 중에서도 ①의 특징을 강하게 지닌 것은 에드거 앨런 포의 단편들이다. 추리소설이 이런 특징을 지니는 것은 이 장르가 **고딕 소설**에서 발전한 것이기 때문인데, 이 특징만을 유난히 강조하여 대중적 흥미와 상업성을 노린 소설들은 미스터리(mistery)라는 새로운 통속 장르로 발전하였다. 근래에 우리 문학에서 추리소설이라 일컬어지는 작품들은 엄격히 말해 추리소설이나 탐정소설이라기보다는 미스터리의 영역에 속한다. ②의 특징이 두드러진 소설들은 다음 단계의 서사에 대한 독자들의 궁금증 때문에 읽혀지는 힘이 매우 강하다. 이 사건의 원인은 무엇이며 본질은 무엇인가? 이 사건의 범인은 누구인가? 하는 식으로 독자들에게 계속 질문이 제기되기 때문에 독자들은 그 질문을 해결할 때까지 책을 놓을 수 없다. 이청준이 쓴 일련의 소설들이 그 문체적 단조로움에도 불구하고 읽혀지는 힘이 강한 것은 이 수법을 원용하기 때문이다. 이문열의 「사람의 아들」, 유재용(柳在用, 1936~2009)의 『성역』 등도 그 예이다.

범죄가 지닌 본질적 문제와 인간의 범죄와의 관계를 주목하고자 하는 소설들은 추리소설이 아닌 범죄소설이라는 장르로 분류된다. 이런 작품들에서는 범죄의 과정과 그 범죄가 해결되는 과정을 통해 작가의 세계관이 제시된다. 도스토옙스키의 『죄와 벌』이 그 예라고 할 수 있다.

관련 교육과정 목표

[12 문학 01-02] 문학의 여러 갈래들의 특성과 문학의 맥락에 대해 이해한다.
참고 작품 : 이청준 「소리의 빛」, 애드가 앨런 포 「까마귀」

콜라주 기법 | collage

콜라주는 부착, 접착, 풀칠하기 등을 뜻하는 프랑스어에서 온 용어이다. 미술에서 신문 스크랩, 극장의 포스터, 광고 메시지, 상업 출납부, 동상의 좌대에 새긴 문안 따위를 작품 속에 그대로 옮겨놓은 기법이다. 이는 피카소나 브라크가, 그리고 나중에는 '초현실주의적 오브제'의 창조자들이 이미 실천에 옮긴 바 있는 기법이다. 최인훈의 「라울전」의 첫머리에서 랍비 사울로부터 온 편지나 최인호의 「무서운 복수」의 마지막 결말부에서 주인공에게 배달되는 편지가 그대로 옮겨져 있는 것 등을 콜라주 기법의 예로 들 수 있다. 편지 내용의 이러한 삽입은 화자로 하여금 설명을 생략할 수 있게 해주고 독자에게는 하나의 충격으로 작용할 수 있다. 현실이 이야기 속으로 주먹다짐처럼 치고 들어오는 느낌을 주는 것이다.

실제로 다양한 에피소드들을 서로 관련지어 전체적으로 구조화하는 일은 소설가가 일반적으로 행하는 작업에 속한다. 이때의 작업은 여러 개의 장면, 에피소드 등을 재단하여 전체 속에 알맞게 배치하는 일에 해당된다.

문자 그대로 구상을 먼저 한 다음에 그 구상에 따라 작업을 진행시키느냐 아니면 구상과 실제 작업이 동시에 진행되느냐 하는 것은 오로지 작가에게 달린 문제이지만, 그것이 모든 소설가에게 문제로서 제기되는 것임에는 틀림이 없다. 구성은 오직 소설 전체를 한눈에 굽어볼 때만 그 윤곽을 드러낸다. 작가가 지어서 3인칭으로 서술하는 이야기, 묘사와 인물의 초상, 짧은 일화, 진짜 기록 문헌이나 작가의 메모, 편지, 일기 몇 페이지, 옮겨 전하는 말 등 모두는 작가에게는 일차적 재료가 될 수 있다. 작가는 그것들을 한데 녹여서 쓸 수도 있고, 한데 모아 재료 그대로의 특성을 보존하면서 일종의 모자이크 모양으로 병치시킬 수도 있다.

서구에서 18세기에 유행했던 서한체 소설들은 대부분 '편집자'가 문헌으로서의 특징을 세심하게 고스란히 보존하면서 단지 분류만 하였을 뿐이라고 하여, 실제 인물들이 쓴 글로서 소개된다. 20세기에 와서 특히 입체파의 회화적 경험, 다다, 초현실주의자들 이후에 이런 작품화의 방식이 새로운 인기를 얻었다. 이것들은 이야기를 해체하여 그중 오로지 몇몇 순간만을 포착하고자 하는 경향을 보이며, 동시에 세계를 단편적 편린들로 불연속적으로 지각하는 현상학적 방식을 지향한다. 즉 장 피에르 리샤르(Jean-Pierre Richard, 1922~2019)의 말을 빌리면 "작가는 움직이고 있는 것을 추격하고 있으므로 겉모습의 베일을 뚫고 들어갈 수가 없을 뿐만 아니라 모든 것이 오직 디테일이요 먼지뿐인, 심각하게 해체된 어떤 세계 속에 몸담고 있게 된다."

따라서 콜라주 기법은 전화 메시지, 광고판, 관광 안내문의 한 구절, 신문의 기사 토막, 역사 교과서의 일부분 등 있는 그대로의 여러 가지 재료를 한데 모아 다차원적이고 다양한 해석이 가능한 이미지를 만들어놓음으로써 일견 기분 내키는 대로 아무렇게나 산만하게 배열해놓은 것 같지만 실제로 문학의 개념 자체를 뒤흔들어놓는 새로운 기법으로 역시 어떤 법칙에 의해 통제되고 있는 것이다.

프랑스의 '텔켈' 그룹에 속하는 몇몇 소설가들, 예컨대 장 티보되(Jean Thibaudeau, 1935~2013), 장 리카르두(Jean Ricardou, 1932~2016), 필리프 솔레르(Philippe Sollers, 1936~2023) 같은 사람들은 콜라주와 유사한 기법을 사용하여 몇 토막의 텍스트나 미완성 상태의 문장을 수수께끼처럼 병치시켜놓거나 말없음표, 빈 공간 속에 방치해두고 심지어는 한자(漢字)를 이용해 분리시켜놓기도 한다. 이 의도는 그들의 말을 빌리면 "상이한 문화에서 온 텍스트들 속으로 무너져 함몰되어가는 이야기 그 자체의 파괴를 목격시키고, 움직이고 있는 어떤 깊이를, 책 배후의 깊이를, 감히 독서를 감행해보겠다고 나서는 사람의 눈에는 종말이 예측되는 저 심정주의적이고 표현주의적인 낡은 세계를 뿌리부터 뒤흔들어놓는 집단적 사고의 깊이를 드러내보이"는 데 있다고 한다.

우리의 소설에는 최근에 나온 장정일의 「인터뷰」가 이러한 수법에 해당되는 구성 방식을 취하고 있다고 할 수 있을 것이다. 각기 상이한 입장에 있는 여러 사람들이 '한 공장의 여공이 술집 여급이 되어 죽기까지의 과정'을 각각 진술함으로써 제각기 상이한 진술들이 병치되는 콜라주 기법을 보여준다. 이러한 기법을 통해 화자의 개입 없이 스토리를 진행시켜 나가면서도 노동과 여성의 문제를 심도 있게 다루는 이면의 효과를 얻어내고 있다. 또한 조세희의 『난장이가 쏘아올린 작은 공』의 「기계도시(機械都市)」에서 철거 계고장과 철거 확인증, 그리고 조사 자료 등이 그대로 옮겨져 있는 것은 이러한 예의 전형이라 할 수 있다.

관련 교육과정 목표

[10 공국 1 05-03] 작품 구성요소의 유기적 관계와 맥락에 유의하여 작품을 수용하고 생산한다.

참고 작품 : 조세희 『난장이가 쏘아올린 작은 공』, 헤르타 뮐러 『외발 여행자』

통일성 | 統一性 unity

하나의 문학작품은 그 안에 어떤 조직 혹은 구성의 원리를 지니고 있고 내부의 모든 요소들은 그 원리 아래에서 긴밀하게 얽혀져 유기적 전체(organic whole)가 된다.

문학작품을 유기적 독립체로 간주하는 경향은 아리스토텔레스 이래 롱기누스(Dionysius Cassius Longinus, 217~273), 에머슨(Ralph Waldo Emerson, 1803~1882), 헨리 제임스, 크로체(Benedetto Croce, 1866~1952), 듀이(John Dewey, 1859~1952), 독일의 낭만주의 비평가들이나 영국의 콜리지(Samuel Taylor Coleridge, 1772~1834) 같은 일급의 이론가들에 의해 지속적으로 전개되어왔고 특히 20세기 신비평의 핵심 이론이 되었다.

브룩스나 워런과 같은 신비평가들의 비평적 최대 관심은 한 작품의 통일성을 형성하고 있는 원리의 발견 및 그것의 실현을 위해 작품의 각 부분들이 어떤 기능을 수행하고 있느냐를 밝히고 설명하는 것이다. 이들 생각의 바탕에는, 하나의 예술적 통일체(문학작품)의 부분들은, 그것들이 따로 떨어져서는 지닐 수 없는 특성들이나 의미나 효과를 지니고 있으며 그것은 전체와의 관계 속에서만 조명되고, 그 모든 부분들이 필수 불가결하고 적합한 배열을 이루어 즉 통일성을 형성하고 있다면 훌륭한 예술작품이 된다는 관점이 자리 잡고 있다. 그러므로 통일성을 지닌 작품은 그 내부의 모든 요소와 국면들이 긴밀하게 연결되어 있고, 불필요한 부분이 개입되어 있지 않으며 완전하고 자족적이다. 이 '자족적 체계'가 단선적이고 명료한 이야기 진행, 혹은 동일한 의미의 반복적 강조를 통해 실현되는 것은 아니다.

예컨대 『춘향전』처럼 비극적이고 숭고한 애정을 다루는 작품에서 방자와 같은 희화적 인물은 작품의 통일성을 저해하기보다는 그 긴장감의 완급 조절과 두 주인공의 해후를 매개하는 기능을 수행한다는 면에서 전체적 통일성에 참여한다. 오히려 훌륭한 예술작품일수록 다양하고 이질적인 요소들의 풍부한 총합과 그것들의 조화로운 관계 설정을 통해 완결된 구조에 이른다.

공연을 전제로 했던 희곡 장르에서는 통일성의 원리로 '삼일치법'이 오랫동안 적용되어왔지만, 소설 문학에서는 그 개념이 활용되는 방식이 매우 다양하다. 전통적으로 소설 문학의 통일성을 형성하는 요소로는 '일관된 행위(action)', '긴밀한 플롯', '일관된 성격제시(characterization)' 등이 거론되어왔으며 현대에 들어와서는 형식에 의해, 작가의 의도에 의해, 테마에 의해, 상징에 의해서도 통일성은 구현될 수 있다는 점이 밝혀지고 있다. 예컨대 카프카의 문학에서 통일성을 형성하는 것은 행위나 플롯이 아니라 하나의 상징이다.

엄밀하게 말해 작품 내의 모든 요소들이 서로 필연적인 관계를 지니고 전체 곧 구조(structure)로 나아갈 수 있도록 그 요소들을 통합하고 조직할 수 있는 방법은 무한히 개방되어 있으며 현대의 서사 작품들은 이러한 다양성을 잘 보여주고 있다.

관련 교육과정 목표

[10 공국 1-05-03] 작품 구성요소의 유기적 관계와 맥락에 유의하여 작품을 수용하고 생산한다.

참고 작품 : 양귀자 『원미동 사람들』, 이청준 『밤길』

트릭 | trick

작가의 직분은 물론 이야기를 진술하는 데 있다. 작가는 그냥 이야기하는 사람이 아니고 '전략적으로' 이야기하는 사람이기 때문에 고도의 전략을 구사한다.

작가는 왜 전략을 필요로 하는가. 이야기를 진술함에 있어서 그가 기대하는 바와 의도하는 바를 달성하기 위해 작가는 전략을 필요로 한다. 작가가 의도하고 기대하는 바가 구체적으로 무엇인지는 자명하다.

작가가 전략을 필요로 하는 까닭은 이야기를 흥미 있고 의미 있게 드러나게 하는 데 있고 그리하여 독자로부터 결정적인 반응을 이끌어내는 데 있다. 작가에게 이보다 중요한 목표는 없다. 작가는 이 궁극적인 의도와 목표를 달성하기 위해 온갖 지혜를 짜내고 필요하다고 생각되는 모든 방법과 수단을 동원한다. 작가들은 짐짓 딴청을 피우기도 하고 이야기의 순차를 뒤섞어놓기도 하며 때로는 이야기를 숨기기도 한다. 심지어 작가들은 그들의 목표를 달성하는 데 불가피하다고 판단될 때는 독자를 속이기조차 주저하지 않는다. 속임수, 책략 등의 사전적 함의를 가지는 트릭은 말하자면 작가들이 그들의 궁극적인 목표, 즉 이야기를 의미 있게 만들고 흥미 있게 독자에게 전달한다는 목표를 달성하기 위해 얽어짜기에서 구사하는 전략적 개념의 일환으로 이해할 수 있다.

19세기의 단편소설 작가들, 그중에서도 특히 모파상과 O. 헨리(O. Henry, 1862~1910)는 이러한 서술의 기법을 즐겨 활용한 작가라고 할 수 있다. 우리에게 널리 읽힌 「목걸이」에서 모파상은 허영심 때문에 빌린 목걸이를 잃어버린 여인이 이를 보상하기 위해 생애를 탕진했지만 막상 그것이 가짜였다는 사실을 소설의 결말 부분에 이르러서야 작중인물의 입을 통해 드러나게 하는 이야기를 들려주고 있다.

O. 헨리의 「마지막 잎새」에서도 사실이 판명되는 방법과 절차는 흡사하다. 가난한 예술가들이 몰려 사는 그리니치 빌리지의 한 싸구려 건물 3층 꼭대기 방에 젊은 화가 존시와 수가 기거하고 있는데, 존시는 폐렴에 걸려 임종만을 기다리고 있다. 어느 날 아침 존시를 진찰한 의사는 수를 복도로 불러내 존시가 소생할 가망은 열에 하나밖에 되지 않는다고 말한다. 그러나 하나밖에 되지 않는 가능성조차도 지금처럼 환자가 당장 장의사한테 달려가고 싶어 해서는 처방이고 뭐고 다 헛수고일 뿐이고 기대할 것은 환자의 소생 의욕을 살려내는 길밖에 없다고 말한다. 따라서 사태는 절망적이다. 존시는 자기 병과 싸우고자 하기는커녕, 창밖에 떨어지다 만 나뭇잎이나 세고 있기 때문이다. 나뭇잎은 이제 두 장밖에 남지 않았다. 그녀는 어둡기 전에 마지막 한 잎이 떨어지는 걸 보고 싶어하며, 마지막 잎새가 떨어지는 순간 임종이 닥치리라 확신하고 있다. 그리고 드디어 나뭇가지에는 한 잎밖에는 남지 않는다. 공교롭게도 그날 밤에 북풍이 사납게 몰아친다. 빗발까지 흩뿌리며 창문을 두드

리고 처마를 후려친다. 날이 새자마자 존시는 수에게 커튼을 올리라고 명령한다. 그러자 기적이 일어난다. 그처럼 사나운 빗발과 휘몰아치는 북풍을 견디고도 여전히 마지막 남았던 한 잎은 나뭇가지에 매달려 있었던 것이다. 존시의 죽음에 대한 확신은 삶에 대한 확신으로 바뀐다. 당연히 존시는 거뜬히 소생한다. 그리고 수의 입을 통해 진실이 밝혀진다. 그것은 아래층에 세든 베어먼 노인이 그려 붙인 나뭇잎이었던 것이다.

이러한 두 소설의 줄거리를 얽어짜면서 작가들은 가짜임을 드러내는 과정에서 의미 있는 트릭을 구사하고 있다. 진실이 밝혀지기 전까지 독자는 누구도 그것이 모조 목걸이이거나 그려 붙인 나뭇잎이라는 사실을 눈치챌 수 없다. 독자들이 어리석기 때문이 아니라 진실을 알고 있는 유일한 사람인 작가가 치밀하고 용의주도하게 사실을 숨긴 결과이다. 말하자면 작가는 독자를 감쪽같이 속인 것이다. 진실이 앞질러 노출되었다고 가정해보라. 그처럼 신선하고 경이로운 이야기의 구조는 결정적인 손상을 입게 되었을 것이 분명하다. 트릭은 플롯의 주요한 전략이다. 트릭을 잘 활용하면 사건의 흥미를 극대화시킬 뿐만 아니라 사건들의 논리적 구조를 완성시켜준다. 트릭의 기법을 적절히 활용하는 작가가 찬탄의 대상이 되는 것은 당연한 일이라고 하겠다.

관련 교육과정 목표

[12 문학 01-06] 문학작품에서는 내용과 형식이 긴밀하게 연관됨을 이해하며 작품을 수용한다.

참고 작품 : 박성원 「댈러웨이의 창」, 애드가 앨런 포 『도둑맞은 편지』

파불라와 수제 | fabula and syuzhet

서사물을 흔히 내용이라고 하는 층위나 전개방식을 뜻하는 서술 기법이라는 층위로 이해된다.

러시아 형식주의자들은 서사물의 구성 인자로서 서사물에서 바탕이 되는 이야기 줄거리 혹은 서사물에서 담론화의 대상이 되는 사건들 전체를 파불라(fabula)라 명명한다. 그러한 사건들을 고리 지으면서 작가의 서술 행위에 의해 텍스트에 정착된 이야기를 슈제트(syuzhet)로 명명한다. 슈제트는 프랑스어로 옮기는 과정에서 sujet(수제)가 되었다. 그들에게 파불라란 이야기의 바탕이 되는 내용, 즉 화자에 의해 사용된 제재를 구성하는 사건들의 총계를 의미한다. 이야기의 구축 단계에서 사용되는 모든 인위적 요소들과 더불어 작가에 의해 구축된 이야기의 질서, 즉 구조화된 이야기를 수제라고 한다. 이는 스토리(story)와 플롯(plot)의 대립적 개념과 비교하면 이해가 쉽다.

러시아 형식주의자들의 저작들에서 '사건'은 '모티프'로 불리는데, 보리스 토마셰프스키(Boris Tomasevskij, 1868~1939)는 "파불라는 일군의 모티프를 원인에서 결과로 연대기적인 연속을 이루며 나타내지만, 수제는 그와 같은 동일한 모티프군을 그것들이 작품의 질서에 따라 나타낸다"라고 말한다. 이처럼 형식주의자들은 주로 정상적인 연대기적 시간 질서로부터의 이탈, 즉 작가의 이야기 조작을 수제에서 전형적으로 나타나며 파불라에서는 배제되는 것으로 본다. 이는 파불라의 선조적 흐름과는 대립되는 것으로서 탈선적 흐름의 삽입, 즉 플롯화를 수제로 규정한다. 그들에게 파불라란 '결과적으로 일어난 일'인 반면, 수제란 '독자가 일어난 일들을 어떻게 인식하게 되는가', 즉 '작품 자체 내에서 사건들이 나타나는 질서'를 의미하는 것이다. 따라서 파불라는 재료로서의 이야기이고 수제는 작가의 서사 전략에 의해 그 재료가 예술적으로 조직되어 표현으로 구체화된 이야기이다.

수제의 특징들이 텍스트를 드러내는 기법과 관련해서 문학 텍스트 표면에 속해 있는 것이라면, 파불라는 일종의 심층 구조를 구성하고 있으며 텍스트의 내부로부터 이끌어내어져 축약될 수 있다. 그것은 하나 혹은 그 이상의 진술들로 이루어진다. 각각의 진술 요소들(주어, 술어, 목적어) 사이의 통사적 관계는 파불라 내에 존재하는 실체들 — 실제의 것이든 상상적인 것이든 — 에 의해 수행된 행위들을 반영한다. 진술들 사이의 관계는 사건들의 연속성과 그 인과적 관련성을 반영한다. 파불라는 집단 경험들이 합성되어 있는 하나의 복합적 기호이며, 이러한 집단 경험들은 종종 전통적인 서사물이나 믿을 만한 원형을 형성하는 재료이다.

파불라는 우화로, 수제는 주제라는 말로 흔히 옮겨지는데, 이러한 번역은 오해의 소지가 있다. 우리의 언어 관습에서 우화라는 용어는 알레고리의 형태를 취하는 교훈적 이야기를 가리키기 때문이다. 또한 수제는 플롯의 개념에 가까우며 따라서 굳이 우리말로 대응하고자 한다면 '구조화된 이야기'라고 하는 게 적절하다.

관련 교육과정 목표

[12 문학 01-06] 문학작품에서는 내용과 형식이 긴밀하게 연관됨을 이해하며 작품을 수용한다.

참고 작품 : 김소진 「자전거 도둑」, 김연수 「바얀자그에서 그가 본 것」

패러디 | parody

서사 텍스트로서 패러디의 가장 분명한 특성은 그것이 모델을 가지거나 원전을 환기시킨다는 점이다. 예컨대 이문구(李文求, 1941~2003)의 일련의 소설은 우리의 전통 서사, 즉 판소리계 이야기의 어투나 조선조 소설의 문체를 환기시킨다. 최인훈은 그의 텍스트의 모델을 좀 더 공공연히 그리고 전면적으로 노출시킨다. 「옛날 옛적에 훠어이 훠이」나 「둥둥 낙랑(樂浪)둥」, 「어디서 무엇이 되어 만나랴」 등은 물론이고 특히 「소설가 구보씨의 일일」에서는 박태원(朴泰遠, 1910~1986) 소설의 제목과 작중인물의 이름, 그리고 극적 상황까지를 그대로 재현한다. 그런 점에서 최인훈은 누구보다도 패러디를 잘 활용한 작가라는 평가를 들을 만하다. 물론 최인훈의 모델을 가지는 텍스트 모두를 패러디로 간주할 수는 없다. 가령 우리의 전래 민담을 희곡의 형식으로 재현한 그의 작품들은 패러디의 범주에 넣기 어렵다. 그것들은 원전과의 아이러니적 거리를 가지지 않기 때문이다. 그 희곡들에서 원전에 가해진 변형은 운문적 말하기일 뿐이다. 다시 말하자면 온달 설화나 호동과 낙랑공주의 이야기를 희곡화하고 있는 최인훈의 텍스트는 새로운 의미와 해석적 지평을 개척하는 데까지는 나아가지 못하고 있다.

그러나 패러디의 의미를 확장해서 받아들인다면 앞의 판단은 유보되어도 무방하다. 가령 바흐친 같은 이론가는 '모든 반복과 답습'을 패러디의 본질로 보고 있다. 반복(repetition)이란 선례와 선행을 뒤따르는 행위이다. 따라서 반복이라는 행위는 모델을 가지기 마련이며 반복의 대상에는 당연히 선행하는 문체, 문학적 규범, 목소리, 기법, 제재, 관습(convention), 인물과 명명법 등이 포함된다. 결국 확장된 패러디의 의미는 모방과 동의어가 된다. 모방이란 기왕에 존재하는 것을 있는 그대로 재현하거나 다른 것의 미덕과 장점에 기대는 행위이다. 만일 이 같은 의미로 패러디의 뜻을 받아들이게 된다면 다른 것에 기대고 있거나 다른 것을 환기시키기는 하지만 동시에 그것과는 별개의 의미 체계를 형성한 패러디의 존재 명분은 변호하기 어렵다.

박태원의 구보씨 이야기와 최인훈의 구보씨 이야기에 가로놓여 있는 것은 동일한 이름의 작중인물이 배치되어 있는 상이한 시간의 거리만큼의 괴리가 두 텍스트 사이에 가로놓여 있다고 보아야 할 것이다. 결국 모방이 원전으로 회귀하려는 속성을 가진다면 패러디는 반대로 원전으로부터 멀어지려는 성향을 가진다고 할 수 있을 것이다. 그런 점에서 "다른 예술적 모델에 대한 의식적 아이러니 혹은 냉소적 환기(*Encyclopedia of Contemporary Literary Theory*, University of Toronto Press)"라는 규정은 패러디에 대한 합당한 이해인 것으로 보인다. 바흐친 역시 패러디를 아이러니적인 것과 그렇지 않은 것으로 나누고 있다. 그리고 20세기의 문화 예술 이론이 흥미를 가지고 논의 대상으로 삼는 것은 두말할 필요도 없이 아이러니적 성격으로서의 패러디이다. 패러디가 아이러니적인 텍스트라는 사실은 패러디적 글쓰기의 성격을 암시한다. 기본적으로 패러디적 글쓰기는 유희적 성격의 글쓰기라고 보아도 무방하다. 패러디적 글쓰기는 다른 텍스트의 진지한 의도, 말씨, 목소리를 조롱거리로 삼는다. 엄숙한 것을 희화화하고 기품과 품격을 비속화시키기도 한다. 그래서 C. 휴 홀먼(C. Hugh Holman, 1914~1981)은 진지한 예술작품을 웃음거리로 만드는 글쓰기가 패러디라고 규정하기도 한다(*A Handbook to Literature*, Indianapolis, Bobbs Merril Educational Publishing, 1981). 『현대문학이론백과(*Encyclopedia of Contemporary Literary Theory*)』 사전의 저자들은 이렇게 주장한다.

> 오늘날 문학뿐만 아니라 다양한 예술 장르에서 패러디적 기법은 활용되고 있다. 패러디는 예술뿐만 아니라 상업적 분야—광고—에서도 널리 차용된다. 패러디적 기법의 핵심은 전도(subversion)와 반칙(혹은 위반)(transgression)이다.

이 같은 기법으로 패러디는 선행 텍스트의 의미 체계가 숨기고 있는 의미 체계의 허점이나 한계를 단박에 노출시키거나, 이제는 쓸모가 없어진 그 의미 체계를 아예 전복시켜버린다. 반칙적 기습과 전도를 통해 패러디는 사회의 고정관념이나 위선적 관습에 충격을 가하는 기능도 한다. 그런 점을 감안한다면 패러디의 성격은 아이러니적이라기보다는 풍자적이라고 보는 것이 옳을 듯하다.

무엇보다도 패러디의 긍정적인 의의와 창조적인 본질은 포스트모던한 시대의 문화적 상황과의 관련하에서 살필 때 제대로 드러난다. 권위적인 것에 대한 냉소와 도전적인 시각은 그것들이 지금껏 은밀하면서도 집요한 억압의 원천이었다는 인식에 주목하지 않고는 온전히 이해되기 어렵다. 권위적인 것의 억압으로부터 해방되지 않고 주체의 회복은 불가능하다. 패러디는 결국 비판적 글쓰기의 소산이며 모든 위장된 진실의 허구를 깨뜨리고자 하는 투철하면서도 전투적인 의식에 의해 생산된 현대의 새로운 담론적 유형이라고 보아도 무방하겠다.

뿐만 아니라 20세기의 새로운 서사 유형으로서의 패러디는 단순히 다른 텍스트를 답습하거나 풍자하는 이상의 역할 — 현대의 사회적 관습이나 심리적 관점, 사고와 세계관까지를 두루 반영하는 강력한 담론의 형식으로 자리 잡고 있다.

 **관련 교육과정 목표**

[12 문학 01-08] 작품을 읽고 새로운 시각으로 재구성하거나 주체적인 관점에서 작품을 창작한다.

참고 작품 : 이순원 「말을 찾아서」, 김애란 「큐티클」, 김영하 『아랑은 왜』

페이소스 | pathos

사전적으로는 동정과 연민의 감정, 또는 애상감(哀傷感), 비애감을 뜻하는 그리스어 파토스(pathos, πάθος)에서 온 용어이다. 특정한 시대 · 지역 · 집단을 지배하는 이념적 원칙이나 도덕적 규범을 지칭하는 에토스(ethos)와 대립하는 말이다. 그러나 '정서적인 호소력'이라고 규정할 때 이 말이 지니는 예술적 · 문화적 현상과의 관련성이 가장 분명하게 밝혀진다. 어떤 문학작품이나 문학적 표현에 대해 독자가 '페이소스가 있다', '페이소스가 강렬하다'라고 반응하는 것은 그 문학작품이나 문학적 표현이 정서적 호소력을 가지고 있다는 사실을 확인하는 경우이다. 다만 파토스 또는 페이소스를 유발하는 요소가 무엇인지는 명확히 규정하기 어렵다.

빅토리아 시대의 작가들은 지나칠 정도로 페이소스를 이용하였는데 찰스 디킨스나 워즈워스(W. Wordsworth, 1770~1850)가 그 예로 꼽힌다. 브룩스(Cleanth Brooks, 1906~1994)와 워런(Robert Penn Warren, 1905~1989)은 이들의 작품에 나타나는 페이소스적 요소가 고전극의 비극적 자질들과 구별되어야 한다고 말한 바 있다. 즉 페이소스의 효과는 허약한 인물이 고통을 겪는 장면에서 발생하는 반면, 비극적 효과는 고통을 체험하는 사람이 고통을 유발시키는 그의 환경 및 적대 세력과 대항해 맞싸우고 적극적으로 투쟁해 나갈 만한 힘을 갖추고 있는 경우에 발생한다. 이러한 견해에 의하면 페이소스를 불러일으키는 자질들과 비극적인 자질들은 서로 구별된다. 그러나 다른 견해도 제기된다.

노스럽 프라이는 그가 구분하고 있는 네 개의 산문 장르의 기초적이고 원형적인 주제를 제시하면서 페이소스가 비극 장르의 원형적 주제가 된다고 주장하고 있다. 『비평의 해부』에서 설명하는 '비극'은 아리스토텔레스적 장르 개념에 의한 비극과 그 의미가 다르다. 프라이가 제시하는 비극의 전형적인 인물은 대개 여성 인물이다. '이 인물들은 어떻게 손을 쓸 수 없을 만큼 무력하고 가련한 모습을 보여주는' 탄원자들이다. 이러한 인물은 애처롭기만 하며, 그리하여 페이소스의 효과를 강하게 유발시킨다. 그 근원이 되고 있는 것은 한 개인의 집단으로부터의 소외이므로, 우리가 느끼고 있는 공포 가운데 가장 심오한 공포를 우리의 마음속에 몰고 온다. 이 공포는 비교적 기분이 좋고 또 서글서글한 지옥의 유령보다 훨씬 더 깊은 공포인 것이다. 탄원자 타입의 등장인물은 '연민과 공포의 감정'을 가능한 한도까지 강렬하게 불러일으켜준다. 따라서 탄원자의 요구를 저지함으로써 이와 관계되는 모든 자에게 닥치는 무서운 결과가 그리스 신화의 중심 주제라고 프라이는 말한다. 탄원자 타입의 인물의 예로 제시되는 것은 『햄릿』의 오필리어, 트로이 함락 후의 트로이 여성들, 오이디푸스 왕 등인데 이들은 사랑으로부터 버림받고 죽음에 직면했거나 능욕에 위협당하는 약한 여성이 아니면 높은 위치에서 전락한 신분이라는 운명적 위기의 측면에서 공통점을 지니고 있다.

프라이의 개념에서 페이소스에서는 공포와 위기적 요소라는 성분이 강조되고 있다. 어떤 관점으로 이 용어를 해석하든 간에 가장 중요한 사실은, 작가가 자신의 스토리 내부에서 페이소스적 요소를 표현하고 그 효과를 기대할 때는 그것들이 타당하게 나타나도록 주의해야 한다는 점이다. 등장인물과 주어진 상황 속에 페이소스를 받쳐줄 만한 합리적 근거가 없을 때에는 그 요소들이 페이소스적 효과를 자아내기보다는 '감상적'이 되기 쉽다(**감상소설**을 보라).

관련 교육과정 목표

[12 문학 01-07] 작품을 공감적 · 비판적 · 창의적으로 감상하며, 다양한 방식으로 작품에 대해 비평한다.

참고 작품: 김유정 「땡볕」, 손창섭 「잉여인간」, 이청준 『선학동 나그네』

풍자 | 諷刺 satire

풍자는 원래 스스로가 지니는 내적 형식에 의거하여 정의되는 장르 개념이었으나, 18세기 이후의 서양 문학 전통에서는 모든 장르에 나타날 수 있는 특유한 태도나 어조, 또는 문학상의 기교를 가리키는 개념으로 바뀌었다. 풍자는 특히 사회가 이원적 구조를 이루고 있을 때 하부구조가 상부구조를 공격하기 위한 수단으로 사용된다. 구사회의 모럴이나 조직이 권위를 잃지 않고 잔존할 때 신사회의 모럴이나 조직이 거센 반발과 공격적인 태도를 취하게 된다. 우리의 풍자 문학이 가장 활발했던 시대가 실학파에 의해 전통적 도덕 사회에 대한 반성과 자각이 움튼 18세기라는 것과 사회 개혁이 일어나던 개화기라는 사실, 그리고 일제의 침탈이 극을 치닫던 1930년대의 소설에 풍자적 요소가 많이 보인다는 것 등이 그 증거일 것이다.

풍자는 대상과 주제를 우습게 만든다는 점에서 풍자는 골계의 하위 개념으로 볼 수 있다. 풍자하는 대상에 대해 모욕, 경멸, 조소의 태도를 환기시킴으로써 대상과 주제를 깎아내리는 기능을 한다. 대상에 대해서는 우행의 폭로, 사악의 징벌이 되는 첨예한 비평이 되고 독자에게는 조소와 냉소를 유발한다. 그러므로 풍자의 가장 주된 속성은 공격성이다. 공격의 목표는 대체로 작품 자체의 외부에 존재하는 과녁이다. 대상에 자신을 포함시키지 않은 부정 그대로의 공격인 것이다. 그러므로 과녁을 공격하는 과정에서 부수적으로 웃음이 파생될 뿐이지, 웃음 그 자체가 목적은 아니다. 그 과녁은 개인, 제도, 국가, 심지어는『걸리버 여행기』에서처럼 인류 전체일 수도 있다. 풍자의 공격성은 다양한 방식으로 나타난다. 풍자는 독백, 대화, 연설, 풍속과 성격 묘사, 패러디 등속을 단독적으로 사용하거나 혼합시켜 사용하기도 하고 기지, 아이러니, 조롱, 비꼬기, 냉소, 조소, 욕설 등의 어조를 사용함으로써 개방적인 문학 형식을 취하기도 한다. 풍자가 희극, 기지, 유머, 아이러니 등과 명쾌하게 분별되지 않는 것은 공격 방식의 이러한 개방성 때문이다.

풍자는 웃음을 유발한다는 점에서 해학(comic)과 유사하지만, 익살이 아닌 웃음이라는 점에서 해학과 구별된다. 허생이 변씨(卞氏)에게 만금(萬金)을 빌려 안성에 머물면서 나라 안의 과일을 모조리 사들이자, 온 나라 잔치나 제사가 치러지지 못했다는「허생전」의 한 삽화는 국가의 경제 경영 능력을 조롱하고 비웃는 풍자의 한 사례이다.

풍자는 또한 열등한 도덕적 · 지적 대상과 상태를 공격한다는 점에서 기지와 유머, 아이러니 등과 다르다. 풍자의 주요한 특징 중의 하나는 이럴 경우에 풍자가가 자기의 지주로 삼고 있는 도덕적 · 지적 표준을 밝힐 필요가 없다는 것이다. 그는 자신의 표준을 명시하고 증명하고 변호할 필요가 없으며, 따라서 독자들을 위해 자신이 취하고 있는 태도나 어조의 성격과 배경을 자질구레하게 설명하지 않아도 된다. 풍자의 수준은 풍자가와 독자 사이에 자연스럽게 수긍될 만한 것들이기 때문이다. 풍자의 이러한 특징들은 풍자의 고

유성을 밑받침하는 요소이기도 하지만 희극, 기지, 유머, 아이러니 등과 엄밀히 구별되는 독립적 특징들은 아니다.

풍자적인 희극도 있고, 풍자적인 아이러니도 존재한다. 반대로 풍자가 아닌 희극과 아이러니, 즉 풍자보다 더 너그러운 희극과 풍자보다 더 심각한 아이러니도 있다. 기지에 차고 유머러스한 풍자가 있는가 하면 풍자성이 없는 위트와 해학도 존재한다. 즉 각각의 개념들은 상호 삼투한다.

풍자의 공격성의 궁극적인 목적은 대상의 파괴와 폐기에 있지 않다. 풍자는 교정과 개량을 위해서 대상을 비판하고 공격한다. 온건해서 공감을 주는 '호라티우스적 풍자'이든, 신랄해서 인간 사회에 대한 모멸에 찬 '유베날리스적 풍자'이든, 모두 도덕성을 바탕으로 하여 부정의 형식을 통해 긍정의 '건강한 사회'를 창조하려 노력하는 것이다. 또한 풍자가 실효를 거두려면 언제나 현재의 위치에 한정되어 있어야 한다. 과거를 풍자하는 것은 맥이 빠지고 미래의 풍자는 한갓 공상에 그칠 뿐이기 때문이다. 설사 과거, 미래가 풍자의 재료가 된다 하더라도 어디까지나 그것은 현재의 풍자를 위한 소재에 지나지 않는다. 조지 오웰(George Orwell, 1903~1950)의 『1984』는 위태로운 미래 세계에 대한 부정적 시각을 드러내고 있지만, 결국은 인류의 미래의 부정적 진로에 대한 경종을 울림으로써 교정과 개량의 꿈을 보여주는 것이다.

관련 교육과정 목표

[9 국 05-06] 자신의 경험을 개성적인 발상과 표현으로 형상화한다.
참고 작품 : 채만식 『태평천하』, 이문구 『우리 동네』, 성석제 「오렌지 맛 오렌지」

플롯 | plot

흔히 구성 혹은 얽어짜기라고 옮겨지는 플롯은 매우 복잡한 의미를 지니는 비평 용어이다. J. 시플리(Joseph Twadell Shipley, 1893~1988)가 편찬한 문학 용어 사전은 플롯을 그것에 의존해서 이야기가 구축되는 사건의 틀(frame of incidents)이라고 설명하고 있다. 플롯이 '사건의 틀'로 간주될 때, 플롯이 결과시키는 것은 이야기의 자연 발생적인 구조일 수 없다. 이야기가 플롯의 틀 속에 들어가기 위해서는 내용물은 반드시 손질을 겪거나 그 형태가 조성되지 않으면 안 된다. 따라서 '사건의 틀' 속에 담기는 이야기는 필경 인위적으로 조작된 구조라고 보아야 한다. 말하자면 플롯은 일종의 변조의 개념을 함축하는 셈인데, 이 같은 변조를 발생시키는 것은 물론 작가의 의도이다. 작가는 그냥 이야기만을 하는 사람은 아니다. 작가는 이야기를 그가 이야기하고자 하는 의도와 목표에 부합되는 방법으로, 즉 전략적으로 이야기하는 사람이라고 보아야 옳다. 그래서 플롯은 또한 작가의 의도와 목표를 달성하기 위한 전략이라고 이해되어도 무방하다. 작가는 플롯이라는 전략에 의해 독자의 결정적인 반응을 이끌어내는 데 성공할 수 있는 것이다. 이것이 비평적 용어로서 플롯이 가지는 관례적인 의미이지만, 이 말은 다른 뜻으로도 통용된다. 가령 플롯은 '요약된 이야기(이야기의 개요)', 또는 스토리 자체를 가리키는 말로도 쓰인다. 이 같은 뜻으로 쓰일 때, 『모비딕』의 플롯은 무엇인가라는 물음은 그 소설의 줄거리를 요약하라는 요청이 된다. 이처럼 플롯은 스토리와 유사하거나 동일한 개념으로 사용되기도 하지만 대개의 경우 두 말의 뜻은 구별되어 사용된다.

R. 스콜스와 R. 켈로그는 그들이 공동으로 저술한 책 『서사의 본질』에서 스토리는 작중인물과 그들의 행동을 통칭하는 일반 용어인 데 비해 플롯은 행동만을 국한하여 지칭하는 특수 용어라고 설명한다.

그런가 하면 러시아 형식주의자들, 가령 토마셰프스키(Boris Tomasevskij, 1868~1939)는 스토리는 줄거리 자체이고 플롯은 그 스토리를 독자가 인지하게 되는 경로라고 구분하고 있다. 토마셰프스키가 사용하고 있는 용어는 물론 스토리와 플롯이 아니다. 그는 대신 파불라와 수제라는 특수 용어를 개발하고 있는데, 그에 의하면 파불라는 연대기적 시간 순서에 따르는 행동과 사건의 연쇄를 가리키는 것이고 반면에 수제는 서술에 의해 구조화된 이야기를 지칭한다(**파불라와 수제**를 보라). 따라서 파불라는 재료로서의 이야기이고 수제는 작가의 서사 전략에 의해 그 재료가 예술적으로 조직되어 표현으로 구체화된 이야기이다. 따라서 토마셰프스키의 수제가 플롯의 개념과 상당한 정도까지 겹친다는 사실이 확인되는 셈이다.

파불라로서의 이야기는 사건이 발생한 시간 순서에 의해 한 가지 형태로밖에 구성되지 않는다. 그러나 그 한 가지 형태의 이야기는 시간 변조에 의해 수많은 형태의 수제로 변형될 수 있다. 이 같은 가능성을 두고 헨리 제임스는 한 가지 스토리로 수백만 개의 플롯을 만들어낼 수 있다고 말한 것이다. 파불라와 수제, 그리고 스토리와 플롯의 이 같은 구별은 이야기의 현상을 설명하는 데 요긴한 하나의 척도가 되어주고 있는 게 사실이다. 이 같은 구별을 통해 이해하게 될 때, 플롯의 주된 개념은 서술의 체계로 사건들을 배열하는 원리를 가리키게 된다. 물론 앞에서 말한 바의 작가의 의도와 목표가 효과적으로 달성되기 위한 배열의 원리이다.

분리되어 있는 에피소드들을 독자에게 논리적이며 심미적인 조직체로 전달하여 독자들의 기대됨직한 반응을 이끌어내기 위한 의도이며 목표이다. 사건의 분편들이 논리적이며 심미적인 조직체로 독자에게 인지되기 위해서는 서술상의 어떤 배려가 요청되는가? 사건들이 인과성의 고리로 긴밀하게 연결되어야 하고 사건들이 유기적이며 통일적인 하나의 완결된 구조가 되도록 해야 한다. 그런 점에서 플롯이란 '인과관계의 완결'에 다름 아니라는 부스의 해명은 간명하고도 적절한 것이다. 물론 플롯이 '사건들의 긴밀하면서도 합리적인 연결'이라는 개념만으로 제한되는 것은 옳지 않다. 왜냐하면 논리적이며 심미적인 하나의 이야기 구조는 단순히 사건들을 연결하는 일에 의해서만 가능해진다고 볼 수 없겠기 때문이다.

다른 모든 국면들과 마찬가지로 플롯의 국면 역시 소설의 여러 요소와 상호 관련하는 국면이다. 다시 말하자면 독자들의 결정적인 반응을 이끌어내는 일은 서술의 모든 국면들, 예컨대 행동의 적절한 통어, 능률적인 시점의 발견, 효과적인 배경의 조성, 어조의 조정 등이 통합적으로 상호작용하지 않고는 정당한 플롯이 기대될 수 없다고 보아야 한다. 따라서 플롯은 중요하지만 부분적인 기능, 즉 사건들을 적절히 배분한다는 한정적인 기능으로보다는 좀 더 폭넓은 사건 전략의 일환으로 볼 필요가 있다. 플롯의 핵심적인 개념 중의 한 가지는 그것이 하나의 이야기를 가장 적절한 처음과 중간과 끝의 관계로 배열하는 원리라는 것이다.

관련 교육과정 목표

[10 공국 1-05-03] 작품 구성요소의 유기적 관계와 맥락에 유의하여 작품을 수용하고 생산한다.

참고 작품 : 이청준 「소문의 벽」, 박태원 『소설가 구보 씨의 일일』, 최은영 『쇼코의 미소』

플롯 중심 소설과 인물 중심 소설

플롯 중심 소설이라는 개념은 토도로프(T. Todorov, 1939~2017)가 『산문의 시학』에서 인물에 관해 설정한 두 개의 범주 중 하나이다. 다른 하나의 범주는 인물 중심적 소설이다. 이 두 개의 범주는 사건을 구성하는 핵심적인 두 가지 자질—행동적 자질과 심리적 자질에 대응한다. 당연히 행동적 자질이 중추가 되는 서사물, 곧 비심리적 소설이 플롯 중심적 소설이다. 따라서 플롯 중심 소설은 인물의 심리 변화와 발전 과정에 서술의 초점이 두어지기보다는 사건으로서의 행동 전개에 집중하는 소설 일반을 가리킨다. E. 뮤어의 행동소설이라는 장르 유형에 매우 근접하는 서사 유형인 셈이다.

S. 채트먼은 플롯 중심 소설의 극단적인 사례로 『아라비안 나이트』와 『사라고사의 수기』를 들고 있다(『이야기와 담론: 영화와 소설의 서사구조』, 한용환 역 참고). 『사라고사의 수기』는 우리에게 낯선 텍스트이지만 『아라비안 나이트』의 서사 양상을 통해서 우리는 이 텍스트 유형의 특성이 무엇인지 충분히 짐작할 수 있다.

『아라비안 나이트』의 서사적 특성은 가령 신드바드의 모험담에서 중추가 되고 있는 것은 신드바드의 심리인가 그의 행동인가는 구태여 대답이 필요치 않다. 채트먼은 'X는 Y를 본다'라는 서사적 예문을 통해 이 문제를 설명하고 있다. 그는 헨리 제임스의 소설과 같은 심리 중심 서사물에서는 X의 경험을 강조하는 반면에 비심리적 서사물, 플롯 중심 소설에서 서사가 초점을 두는 것은 '본다'는 행위 그 자체라는 것이다. 심리적 소설에서 행위들은 인물의 특징에 대한 표현이거나 징후이며 당연히 행동은 인물에 종속적인 것이다. 플로베르의 『보바리 부인』이 그런 소설의 보기이다. 엠마 보바리는 시골 의사의 아내가 되고도 소녀 시절의 동경을 간직하고 있으며, 여전히 폭넓은 경험을 갈망하는 여성이다. 바로 이 같은 인물의 특성은 그녀에게 발생하는 사건들과 종국에는 파멸에 이르고 마는 운명의 원인이 된다. 즉 플로베르의 소설에서 비심리적 자질들은 인물의 성향에 전적으로 종속되어 있고 그 소설의 행동들은 예외 없이 엠마라는 작중인물의 심리와 성격의 지표가 되고 있다.

우리의 소설에서 적절한 사례를 찾자면 오영수(吳永壽, 1909~1979)의 「여우」가 있다. 「여우」의 달오가 친구에게 모든 것, 심지어 아내조차 빼앗기고 마는 것은 전적으로 그의 인물적 특성에 기인한다. 선하기는 하지만 우유부단할 뿐만 아니라 남에게 모질게 행동하지 못하는 그 인물적 특성에 소설의 방향이 잡힌다. 토도로프는 비심리적 소설—행동 중심 소설에서 인물의 특성이 언급될 때는 곧바로 그 결과가 뒤따른다는 사실을 지적한다. 그러나 이때의 특성은 사실상 결과적인 것에 지나지 않는다. 덧보태자면 이처럼 부각된 특성은 행동의 특성에 종속된 것이다. 행동 중심 서사물의 일반적인 유형인 일화 중심 서사물에서 인물의 특성은 항상 행위를 유발하며 그 결과는 또한 인물의 동기나 욕망에 영향을 끼친다. 반면에 심리적 서사물에서 행동은 가능성이 실현된 결과로 나타난다. 물론 이것은 인물에 잠재된 가능성이다.

인물의 특성이 드러나는 방법은 다양하다. 만약 'X는 Y를 시기한다'라는 서술적 진술이 심리적 서사물에 나타난다면 X에 의해 실현될 행동의 양상들은 다음과 같이 다양한 형태 중의 어느 하나가 될 것이다. ① X는 은둔자가 된다. ② X는 자살한다. ③ X는 Y를 법정에 제소한다. ④ X는 직접 Y에게 해를 끼친다 등등(채트먼, 『이야기와 담론 : 영화와 소설의 서사구조』, 한용환 역). 이러한 사실이 말해주는 것은 심리적 소설에서 행동의 양상은 인물성의 반영이며 결과라는 점이다. 그래서 행동 중심 소설에서는 관심의 중심이 '서술부'에 있다면 인물 중심 소설에서는 '주어' 부분에 있다는 서사 문법적 설명이 가능해진다.

이 같은 논의와 관련되는 해결되지 않은 장점도 있다. 가령 인물이 단순한 기능인가 아니면 서사물의 독단적인 자질인가 하는 쟁점 같은 것이 그중의 하나이다. 인물을 단순한 하나의 기능으로 보는 사람 중에 롤랑 바르트가 있다. 그는 인물이 서사물의 독립적인 자질이 아니고 '인물의 개념은 부차적인 것이며 전적으로 플롯 개념에 종속된 것'이라고 주장한다. 그러나 발자크의 소설을 분석하는 그의 어투는 인물에 대한 그의 관점이 동요하고 있거나 변화했다는 흔적을 드러낸다. 소설을 서사로 환원하여 설명하려는 그의 방법론에서 비롯되는 한계다.

관련 교육과정 목표

[10 공국 1-05-03] 작품 구성요소의 유기적 관계와 맥락에 유의하여 작품을 수용하고 생산한다.

참고 작품 : 하근찬 「수난 이대」, 김동리 「바위」, 염상섭 「두 파산」

화자 | 話者 narrator

모든 이야기 문학에는 이야기가 있고 이야기하는 사람이 있다. 이야기하는 사람이 존재하지 않는다면 이야기는 성립할 수도 전달될 수도 없다. 그런 점에서 화자는 이야기의 필수적인 요건이다. 소설에서 이야기하는 인물을 화자 또는 서술자라 한다. 화자는 단순히 이야기가 성립하기 위한 요건만은 아니다. 화자는 이야기의 양상과 이야기의 본질이 결정되는 데 직접적인 영향을 행사하는 원천이기도 하다. 즉 화자나 화자의 이야기 방식이 이야기의 심미적 양상을 좌우한다.

20세기의 비평, 특히 뉴크리티시즘이 '화자-시점'의 문제를 서술 전략의 핵심적 문제와 동일시한 이유가 여기에 있다. 화자는 이야기의 안에 자리 잡을 수도 있고 이야기의 밖에 자리 잡을 수도 있다. 또한 화자는 이야기에 직접적으로 관련될 수도 있고 이야기와는 무관한 채 단지 관찰하고 보고하는 역할만으로 머물 수도 있다. 즉 화자는 이야기 구조와 서술 구조의 양편에 함께 속할 수도 있고 서술 구조에만 속할 수도 있다.

전통 시학은 이런 문제들을 세밀하게 분별해냄으로써 이야기가 작동하는 원리를 밝히고자 했다. 그러나 전통 시학의 화자–시점 이론은 이야기하는 역할과 보는 역할을 구분하지 못했다는 점에서 구조시학의 비판의 대상이 된다. 하나의 이야기 속에서 이야기하는 역할과 이야기를 바라보는 역할이 언제나 일치하지 않는다는 점은 재론할 여지가 없는 사실이다. 제라르 주네트(Gérard Genette, 1930~2018)는 이야기를 바라보는 인격적인 주체를 초점화자라고 부른다. 그러나 초점화자의 개념이 화자의 개념을 수정하게 하거나 변질시키는 것은 아니다. 화자와 초점화자가 분리되는 경우에도 여전히 이야기하는 사람은 화자이기 때문이다. 실제에 있어서 이야기를 하는 사람은 화자가 아니다. 화자라는 개념은 작가가 좀 더 이야기를 효과적으로 전달하기 위해 고안해내는 장치에 불과하다. 작가들은 자신을 숨기기 위한 온갖 수단을 강구하지만 1인칭 시점에서는 물론, 3인칭 관찰자 시점의 서술에서조차도 그렇게 하기는 불가능하다. 화자의 뒤에 숨어 있는 이 진짜 이야기꾼의 존재를 현대 비평은 **목소리**(voice)라고 부른다. 뉴크리티시즘, 특히 웨인 부스(Wayne C. Booth, 1921~2005)에게 이 목소리는 '내포된 작가'라고 지칭된다.

관련 교육과정 목표

[9 국 05–04] 보는 이나 말하는 이의 특성과 효과를 파악하며 작품을 감상한다.

참고 작품 : 주요섭 「사랑 손님과 어머니」, 황순원 「소나기」, 김애란 「가리는 손」

환상문학 | 幻想文學 fantastic literature

초자연적인 혹은 비현실적인 사건이나 제재를 다루고 있는 다양한 허구적 작품들을 가리키는 명칭. 환상문학의 예들은 영국의 고딕 소설과 유령 이야기, 독일 낭만파의 몽환적 경향의 작품, 루이스 캐럴(Lewis Carroll, 1832~1898)의 꿈나라 이야기, 그리고 카프카나 보르헤스(Jorge Luis Borges, 1899~1986)가 취급하는 현실과는 전혀 무관해 보이는 세계와 사건들 속에서 풍부하게 발견된다.

환상문학은 문학 장르들 가운데 유독 문학은 인간의 현실적 경험을 재현해야 한다는 원칙을 무시하고 있는 것처럼 보인다. 그러나 아리스토텔레스식으로 말해서, 문학이 어차피 실제의 세계가 아니라 개연성의 세계를 취급하는 것이라면, '개연성 있는 불가능성(probable impossibility)'은 문학이 개척할 만한 영역이며, 그런 점에서 환상문학의 존재 명분은 성립된다고 할 수 있다.

그러나 환상문학이 그 나름대로 개연성의 세계를 창출하기 위해서는 몇 가지의 묵계가 작가와 독자 사이에 전제되어야 한다. 우선 작품에 등장하는 환상(fantasy)의 요소들은 지각 있는 성인이 판단해서 작가의 순수한 상상의 발현으로 인정되는 것이어야 한다. 만일

기괴하고 초자연적인 양상들이 종교적 신념에서 유래한 것이거나 정신이상에서 비롯된 것이라면 그것들은 환상과 구별되어야 한다. 그리고 독자들은 작중의 초자연적 요소들에 대한 불신을 기꺼이 보류할 태세가 되어 있어야 한다. 독자들이 환상과 현실 사이의 칸막이를 잠시라도 치우지 않는다면, 환상이 개연성 있는 세계의 역상(逆像)이나 우의(寓意)로 받아들여질 여지가 없게 된다. 이러한 조건들은 환상문학이 그 어떤 장르보다도 작가와 독자 사이의 공모(共謀)에 크게 의존한다는 것을 말해준다.

환상문학의 작가들은 미학적 효과를 높이기 위해서 몇 가지 특징적인 기법들을 구사한다. 그중에서 특히 두드러지는 것은 일상사의 디테일을 텍스트 속에 도입하는 것이다. 친숙한 일상적 활동이 비현실적인 경험과 더불어 제시됨으로써 환상적인 세계는 보다 개연성 있고 이해 가능한 것으로 느껴지게 된다. 더욱이 일상사의 디테일은 또 다른 세계 속으로 통합되어 그 세계가 관계하는 범위를 확장시킨다. '현실'과 '초자연'의 결합은 현실을 풍부하게 만드는 것이다. 그런가 하면, C.S.루이스(C.S. Lewis, 1898~1963)의 작품에서처럼 현실 세계가 별도로 제시되는 경우도 있다. 그런 경우 작중인물이 항상 이쪽 아니면 저쪽 어느 한 세계에 존재하도록 하기 위해 두 세계 사이의 교섭은 텍스트 내의 특정한 지점에서만 발생한다.

그러나 환상문학의 텍스트를 읽는 독자들에게 당혹감은 피할 수 없는 것이다. 토도로프가 지적하고 있듯이, 환상적 텍스트의 특징은 서술된 사건에 어떻게 반응해야 좋을지 알 수 없는 상태 속에 독자들을 빠뜨린다는 데에 있기 때문이다. 환상문학은 자연의 법칙에 따르는 가능한 상태와 초자연적이고 불가능한 상태 사이에는 명확한 구별이 있다는 생각을 전제로 하여 존립하는 장르이지만, 텍스트의 실제에서는 그 구별을 위반해버린다. 이런 맥락에서 어떤 비평가들은 환상문학의 성격을 결정하는 것이 "실제 생활 속으로 잔인하게 파고드는 신비의 침입"이라고 보기도 한다. 그러나 독자들의 당혹감은 그러한 충격에만 국한되지 않는다. 독자들을 진실로 난감케 하는 것은 환상적 이야기의 초자연적 요소들이 단일한 고정된 해석을 허락하지 않는다는 점이다. 헨리 제임스의「나사의 회전」에 나오는 유령들은 여자 주인공의 억압된 감정이 만들어낸 환각인가, 아니면 실재의 현상인가 언뜻 판단되지 않는다. 우리는 카프카의「변신」을 정신병적 징후에 대한 묘사로 읽을 것인가. 소외를 나타내는 일종의 비유로 읽을 것인가, 아니면 문자 그대로 진짜 있었던 이야기로 읽을 것인가 의문을 갖게 된다. 이러한 질문들에 응답하지 않고서는 그 당혹감은 수습되지 않을 것이다.

경험적 · 일상적 현실의 재현에 역점을 두고 근대소설의 역사를 파악하는 사람들에게 환상문학은 확실히 변두리 장르에 속한다. 그러나 그것은 사회적 금제에 의해 억류된 욕망에 대한 보상으로서, 억압적인 사회에 대한 회의의 표현으로서 무수한 실례들을 남겨왔으며, 동시에 삶의 세계가 특정한 현실 개념에 의해 고정화되는 것을 저지하는 항체 역할을 해왔다. 특히 현실이라는 것이 단순하게 '저기 바깥에' 있는 것, 자명하게 주어지는 것이 아니라는 사실이 분명해짐에 따라서 환상의 세계를 천착하는 일은 허구적 서사물이 떠맡아야 마땅한 과제로 인식되는 현상도 나타나고 있다. 보르헤스, 코르타사르(J. Cortázar, 1914~1984), 존 파울즈(John Fowles, 1926~2005) 등 최근 작가들의 작품에서 일상적 현실에 대한 하나의 대안으로서 환상이 강조되는 것은 그 단적인 예이다. 그런 점에서 환상문학은 여전히 개척할 여지가 많은 문학연구의 비옥한 토양이라고 할 수 있다.

 **관련 교육과정 목표**

[12 문학 01-07] 작품을 공감적 · 비판적 · 창의적으로 감상하며, 다양한 방식으로 작품에 대하여 비평한다.

참고 작품: 손홍규 「투명인간」, 황정은 「모자」

희화화 | 戱畵化 caricature

인물의 외모나 성격 혹은 사건 자체를 의도적으로 우스꽝스럽게 묘사함으로써 대상을 풍자하는 기법. 일반적으로 희화화는, 진지한 주제를 일부러 희극적인 만화풍으로 그려 웃음을 자아내게 하는 문학작품이나 극적 연출을 의미하는 희작(burlesque)의 하위 개념으로 분류될 수 있다(**패러디**를 보라). 그러므로 희화화는 인물의 모습이나 성격뿐 아니라 주제까지 우습게 풍자하는 희작과 달리, 대상 자체를 풍자하고 조소하기 위하여 대상의 일부나 전체 혹은 대상의 성격을 과장 · 축소 왜곡하는 성향이 강하다.

> ① 두 볼은 한 자가 넘고 눈은 퉁방울 같고 코는 질병 같고 입은 메기 같고 머리털은 돼지털 같고 키는 장승만하고 소리는 이리 소리 같고 허리는 두 아름이나 되는 것이 게다가 곰배팔이요 수종다리에 쌍언청이를 겸하였고 그 주둥이가 썰어내면 열 사발은 되겠고 얽기는 콩멍석 같으니…….

> ② 여러 겹 주름이 잡힌 휠렁 벗겨진 이마라든지, 숱이 적어서 법대로 쪽지거나 틀어 올리지를 못하고 엉성하게 그냥 벗겨넘긴

머리꼬리가 뒤통수에 염소똥만하게 붙은 것이라든지…….

③ 술 잘 먹고, 욕 잘하고, 싸움 잘하고, 초상난 데 춤추기, 불 붙는 데 부채질하기, 해산한 데 개 잡기, 장에 가면 억매 흥정, 우는 아이 똥 먹이기, 무죄한 놈 뺨 치기와 빚값에 계집 빼앗기, 늙은 영감 덜미치기, 아이 밴 계집 배 차기며, 우물 밑에 똥 누어 놓기, 오려논에 물 터놓기, 자친 밥에 흙 퍼묻기, 패는 곡식 이삭 빼기, 논두렁에 구멍 뚫기, 애호박에 말뚝 박기, 곱사등 엎어놓고 밟아주기, 똥 누는 놈 주저앉히기, 앉은뱅이 탈탈 치기, 옹기장사 작대기 치기, 면례하는 데 뼈 감추기, 남의 양주 잠자는 데 소리 지르기, 수절 과부 겁탈하기, 통혼하는 데 간혼 놀기, 만경창파 배 밑 뚫기, 목욕하는 데 흙 뿌리기, 담 붙은 놈 코침 주기, 눈 앓는 놈 고춧가루 넣기, 이 앓는 놈 뺨 치기, 어린아이 꼬집기와 다 된 흥정 파의하기, 종놈 보면 대테매기, 남의 제사에 닭 울리기, 행길에 허공 파기, 비 오는 날 장독 열기라.

①과 ②는 인물의 외양을 우스꽝스럽게 묘사한 경우이고 ③은 인물의 성격을 과장스럽게 묘사한 경우이다. 『장화홍련전』의 허씨 부인(①), 「B사감과 러브레터」의 B사감(②), 『흥부전』의 놀부(③)의 외양이나 성격을 의도적으로 우스꽝스럽게 만드는 이러한 묘사는 등장인물의 몰인정과 포악한 심성, 히스테리와 이중 성격 등을 강하게 암시하면서 결국 대상 자체를 풍자하는 데까지 나아간다. 따라서 희화화는 넓은 의미에 있어서 **풍자**에 포함된다고 할 수 있겠다.

 **관련 교육과정 목표**

[9 국 05-06] 자신의 경험을 개성적인 발상과 표현으로 형상화한다.
참고 작품 : 김유정 「봄 · 봄」, 채만식 「미스터 방」, 성석제 「황만근은 이렇게 말했다」

찾아보기

용어 및 인명

ㅅ

ㅈ

ㅊ

ㅎ

작품 및 도서

ㄹ

ㅁ

ㅂ

ㅅ

ㅇ

ㅈ

ㅊ

ㅋ

ㅌ

ㅍ

ㅎ